U0659485

看世界本来的样子

远方的诗和烟火

YUANFANG DE SHI HE YANHUO

青藏行纪

康凯 著

图书在版编目（CIP）数据

远方的诗和烟火：青藏行纪 / 康凯著. --桂林：
广西师范大学出版社，2022.3（2022.3 重印）
ISBN 978-7-5598-4658-7

Ⅰ. ①远… Ⅱ. ①康… Ⅲ. ①散文集—中国—
当代 Ⅳ. ①I267

中国版本图书馆 CIP 数据核字（2022）第 008096 号

广西师范大学出版社出版发行
（广西桂林市五里店路 9 号 邮政编码：541004
网址：http://www.bbtpress.com）
出版人：黄轩庄
全国新华书店经销
广西民族印刷包装集团有限公司印刷
（南宁市高新区高新三路 1 号 邮政编码：530007）
开本：787 mm × 1 092 mm 1/32
印张：6 字数：110 千
2022 年 3 月第 1 版 2022 年 3 月第 2 次印刷
定价：58.00 元

行走在高原，不仅享受辽阔大地上的无限风光，更会拥有许许多多未知的遇见，这如恩赐般的遇见，每每让我欣喜若狂，激动万分。这些未知的相遇与邂逅，带给了我旅途中的惊喜，让我爱上了出发，从一个地方流浪到另一个地方。

——康 凯

班公湖

波密的冰川

古格王国遗址

库拉岗日峰的雪

玛旁雍错

纳木那尼峰

扎达土林的雨

然乌湖

正面

双面唐卡瓷板画《释迦牟尼佛》(3.57m × 1.72m)　　土登格拉 / 绘

2016—2017 年创作于江西景德镇，系有史以来首块真金白描巨幅双面唐卡瓷板画，创造了唐卡瓷板画的世界纪录。

背面

目　录

I　到离天最近的地方去

Ⅱ 与神的孩子相遇

I

到离天最近的地方去

阿尼玛卿，转山路上的太阳

阿尼玛卿山，藏语意为“黄河流经的大雪山爷爷”，主峰玛卿岗日海拔6282米，是青海东部仅有的极高山。它山势雄浑舒缓，终年积雪，动植物种类繁多。有人把青藏高原的地形形象地比喻为一只鸵鸟，它的腹部脊线是喜马拉雅山脉，背部脊线的一部分便是阿尼玛卿山脉。

藏族同胞尊崇阿尼玛卿，他们的祖先在探究人类起源时，把阿尼玛卿列为“世界形成之初九神”（世间九尊）之一，即开天辟地九大造化神之一。他的法力无边，神通广大，主宰着山河大地，主司普罗大众生死福祸。在藏族古老的土著宗教——本教中，他是统领各路神仙和妖魔鬼怪的首领，是藏地的祖神和保护神，也是藏地上、中、下三大魂山之一，即上部魂山冈底斯神山、中部魂山念青唐古拉山和下部魂山玛积雪山（阿尼玛卿）。佛教传入高原后，吸纳了本教的精髓，山水崇拜被融入藏传佛教的体系中，阿尼玛卿亦被美誉为藏传佛教“四大神山”之一。

阿尼玛卿神山虽被推崇，列入四大神山之列，与冈仁波齐和梅里雪山齐名，却与位于青海、同属“四大神山”的尕朵觉沃一样，少有人知。因它地处青藏高原的边缘，前往朝圣的道路交通又极为不便，只能无奈地低调起来，逐渐脱离人们的视线，少有人问津。它的神秘诱惑着我，让我无限向往，一探究竟的冲动油然而生。

农历马年春节，我和同伴相约前来转山。我们驾车转山虽然也算是转山，但不过是形式上的罢了，与藏族同胞们的全程徒步和磕长头完全无法相提并论，在性质和意义上都有着天壤之别。

在这片人人都信奉神灵和佛陀的广袤大地上，无论是古老的本教还是后来的藏传佛教，祭拜和朝圣神山都有完整的仪轨，尤其以转山最为殊胜，其中又以全程磕等身长头的功德和得到的福报最大最多。对于信徒来说，转神山一圈，可洗尽一生罪孽；转十圈可在五百轮回中免下地狱之苦；转百圈可成佛升天。而在释迦牟尼佛祖诞生的马年，转山一圈，相当于常年的十三圈。

转山的第二天，天色微明我们便起床出发了，我们将与徒步转山的信众相遇。

天完全亮后，团团云朵开始扩大并相互聚集，只一小会的工夫，朵朵白云就拢成了整片的乌云，黑幽幽笼盖住了天地。

又是没过多会，天空飘起了雪花，雪花越来越大，越来越密集。山风这时也刮得起劲了，鼠兔在白茫茫的谷地上四处奔逃，藏原羚们傻傻地呆立在远处，警惕地凝望着我们这辆孤独行进的车。雪中，我们缓慢地前行。

我们与转山的小路交会了。

我没有想到，已经有人在转山了。我下车，直立在山口，向这些虔诚的人致敬。风和雪依然很大，顷刻间掩埋了车辙和路上杂乱的脚印，白茫茫的世界分辨不清天与地。我把羽绒服的帽兜扣在了头上。

转山人披挂着雪花，他们三五成群，年轻人步履坚定，老幼体弱的则是互相帮扶着缓慢向前。我微笑着向他们挥手，喊上一句："扎西德勒!"他们洋溢着快乐的笑容挥手回礼，同样的一句："扎西德勒!"我目送一拨人远去，再等候迎接远处凝缩成小黑点的人群的到来。断断续续的人流由坡下艰难地向我而来，我们将与之同行。

一拨紧随一拨的人迎着风雪来了，又与我擦肩而过。马年伊始，百姓们就踏上了披星戴月艰难的朝圣征途，这让我始料不及，我低估了信仰的强大驱动力。他们必定早早就盼着新的一年来临了，他们为此激动，为此迫不及待地早早备妥了行囊，只待日子来到重要的马年。

高原的天气如同娃娃的脸，说变就变。雪忽然而至，这时忽然又止。头顶上黑沉沉的云变薄了、变灰白了，转眼又分裂成一团一团洁白的云朵，在头顶轻轻地浮荡。阳光偶尔会透过云朵间的缝隙照射过来，泼洒在转山人的身上。神佛护佑，大爱无声，大慈无言。我突然间确信，我们的运气来了。

当我们驶上一处垭口时，我们的运气从天而降，前方出现一行磕长头的朝拜者。我没有料到，冰天雪地的正月里会有信众磕长头转山。我兴奋地对同伴说：稳点开，超过去，我们去前面等他们。

他们双手高举，过头顶，合十，合十的双手从头顶到喉咙，再到胸前，这分别代表着佛像、经书和舍利塔，是任何人及神灵应具有的三门——身、语、意，分别用头、喉咙和心代表（藏语为古、颂、突）；然后，他们匍匐在地施礼，在额头处做好标记，起身走三步到标记的位置。再双手高举合十，敬三门；再匍匐在地施礼，做标记；再起身走到标记处。

他们匍匐、站起，双手高举又放下，随即向前扑出

他们一遍一遍地重复下去，直到目的地。

这里的降雪不大，车辙压实地面上的积雪，如同两条白色的地毯铺在山石路面上。

手戴木护板、脖子上挂胶皮围裙是磕长头转山人的标配。十余人依托雪道的保护，女人在前，男人在后，自然排成了两排。他们匍匐、站起，双手高举又放下，随即向前扑出。

他们在我面前停歇下来，脱下手上的护板拍打身上的泥土，随后纷纷向我围拢过来。我和这群扮相时髦、表情很酷、年纪在30岁左右的年轻人攀谈起来。他们说，来自果洛州州府的玛沁县。

“我们大年初二来的!”一个小伙回答我。

“都是好朋友，很久前就约了。”一个女子回答我。

“从小就转山，爸爸妈妈背着来！马年更要来了！”又一个女子说。

“行李和做饭的东西都在前面的车里，要提前煮茶给我们。”又一个小伙抢着说，“没问题，他的功德同我们一样的。”

“没有觉得苦，就是每天晚上睡下会全身酸痛。”一位身体看似羸弱、面容姣好、满脸红晕的女子说。

……

分别时，他们拉出那个满脸红晕的女子和我互通了联系方式，她叫看吉加，是他们当中汉语说得最好的。我要把他们的照片发给她。

18个日夜，这是他们计划转山一圈的时间。顺利的情况下，这18天他们都要在冬日寒冷的高原荒野上度过。风餐露宿，披星戴月，在肆虐的风雪中，在悬崖峭壁上，他们要不惧万苦，三步一叩首，匍匐在崎岖的转山路上，用身体丈量着全程160公里、被他们无限热爱着的朝拜路。

在他们身上，我看到乐观、忍耐、淡然和坚毅，他们感动了我，也震撼了我。我崇敬这些不惧艰辛的虔诚的人。

黄昏时分，切格尔那白塔寺的院子里，到处是至此过夜的转山者。我多想同他们一起度过一夜啊！可是寺院很小，席地而睡的位子不多，况且这里是转山途中仅有的能够避风躲雪的地方，后面还会有人来，我们不愿抢占他们的位子，只有离开转山路去投奔雪山乡。

每每在途中遇见去圣地朝拜的百姓，我会理解并尊重他们，对他们肃然起敬。同时，我也会想：我们都身处数字化革命的浪潮中，无所不在的资讯传播，前所未有的发展速度，无疑都在改变着我们的思维和行为方式，我们的快步伐与他们的慢节奏，会不会渐行渐远呢？他们的生活习惯、宗教习俗会不会逐渐丢失？而我们，能不能静一下，把过速的心跳放慢一点，去寻找、拾回我们遗落的东西呢？

初识夏尔巴人

我们一路向南，沿着不丹、印度和尼泊尔的边境线，行走在喜马拉雅山脉的东北部，海拔5000米的道路上。我们这次的计划是由东向西行驶，走一趟祖国西南端，地图上靠近国境线东西走向的道路，尽管这条路不是国道、省道，甚至不是县道，充其量勉强算得上是乡道。晚上十点多，我们来到了与尼泊尔咫尺之隔的边防小镇——陈塘镇藏嘎村。藏嘎村是公路的尽头，这里有民宿，过了桥就是镇政府。

村口的边防检查站拦下我们。检查站是一栋二层白楼，灯火通明，执勤的武警战士示意我们下车登记检查。我带着证件来到窗口，中尉军官认真查看着，登记后又例行公事地询问我几句，然后回到车前检查车上的物品。我告诉他，都是日用品，还有修车的工具和备件，他抽查了两个行李箱，便让执守闸门的战士升起门闸放我们进去。

公路尽头的村子住户不多，路灯昏暗，也见不到人走动，显得格外静谧。路下是谷底，河道狭窄，朋曲河水在此翻滚涌动的声音格外清晰响亮，犹如在奏响一曲悠扬的夜曲。路两边搭着几顶印有“救灾”大字的蓝色帐篷，仿佛是提醒我，尼泊尔2015年4月25日那天的地震也对这里造成过灾害。

我们来到路旁一家挂着客栈招牌的三层楼前。它的一层在地面下半山坡上，二层则刚好与路面齐平。二层的一间房子亮着灯，我轻敲门，门没有锁，在我的敲击下应声开了。一个30岁左右的女人由床上探起身，用疑惑的眼神看着我。我有些难为情，忙解释说：“是来住宿的，这门一敲就自己开了。”女人没有说话，坐起身，穿上衣服。

客房在三楼，跟着女人，爬上简易的很陡的铁架子楼梯，楼梯给踩得“咚咚咚”直响。四间客房，我选了靠近楼梯的房间，然后下楼喊同伴。女人问我：吃过饭没有？我想夜已经很晚了，不愿再麻烦她，便说车上带着吃的，我们自己做，让她去休息。

窗下，朋曲河哗啦啦地流淌，它的水量很大、很湍急，汇聚了喜马拉雅山脉北坡，包括定结、定日、萨迦和拉孜四个县的大部分冰川融水和降水，一路向南，在陈塘镇进入尼泊尔境内后叫阿润河，最后流入印度的恒河。我测量了海拔，仅有2200米，虽然是在冬季，可这里的温度却十分适宜，让人感觉舒服。告别了高原缺氧，枕着潺潺流水声入眠，真是难得的享受，这一夜，我要去做一个美梦。

第二天早上，我在鸡鸣、鸟叫和河流声中醒来。村庄依然在沉睡中，几只鸡、几头藏香猪在路上觅食。太阳还在东山的后面，西山山顶已经洒上了阳光。清晨的天气凉爽，我深深地吸入这湿润的、夹杂着草木清香、裹挟着冰雪味道、氧气基本上充沛的空气。空气入肺，有一丝清澈湿滑，有一丝清馨宁静，似甘露弥漫。环顾四周，群山虽不高，却似热带雨林般郁郁葱葱，草木茂盛。然而，也是这不高的山，遮挡住了30公里处海拔8463米的马卡鲁山和60公里外的世界最高峰——珠穆朗玛峰，这多少让我有些遗憾。

恬静的小山村，因道路险峻而少有人至，如同隔绝世外的桃源仙境。我在村庄溜达了一圈，回到客栈，慵懒地斜倚在门口的长椅上，独享着这份惬意和轻松。太阳即将升出东山时，男主人起床了，他有些黑，有些瘦，看上去也就30岁的样子。他“嘿嘿”笑着走向我，指着我们的车，问道：

“北京来的，开车几天到这里？！”

我递烟给他，回答说：“北京出来20多天了，一路上玩过来的。”

我指着停在门前的皮卡车，问他：“你这车是四驱的吗？”

他依旧在微笑，回答我："是四驱的，没有四驱在这里不好用。"

"雨季可太危险了，我看这山好像随时都会掉石头似的，路上还有一处很长的滑坡路段，也没有治理一下，太危险了。"我说着。

这时，昨晚见过的女人抱着孩子过来，把孩子放进男人的怀中，转过身来笑着问我："和我们一起吃饭吧？"

我告诉她，昨天晚上我们吃的火锅，还剩了很多，"你们也别做饭了，我们一起吃吧。"女人毫不迟疑就答应了，看来这个家她做主。

小女孩不满周岁，白白净净，小脸蛋圆嘟嘟的，扎着一对可爱的小辫子，一双大大黑黑的眼睛看着我，闪烁着。我逗着小孩玩，小孩呵呵直乐，男人也咧着嘴乐着。我随口问男人："你和我想象中的夏尔巴人不一样啊，看你这样瘦，能上珠峰吗？！"

男人依旧嘿嘿笑着，说："我去珠峰干什么？我上不去！"随后收起了笑容。

看着他开始变得漠然的神情，我又接着问："现在的夏尔巴人闻名于世，尼泊尔和（我国）定日县那边登珠峰的都找他们做向导和挑夫。咱们镇上没有人去吗？镇上都是夏尔巴人吗？"

男人很认真地听我说，嘴角却是微微咧了下，然后低下头回避着我的目光，小声说："差不多都是。"便不再吱声了。

我很奇怪，是我说的话有问题吗？他为什么要刻意回避呢？！

男人告诉我，他叫丹登罗堆，他的女人叫曲珍。他们夫妇俩是我见到的真正的夏尔巴人。

夏尔巴人是藏语的音译，汉语的意思是"东方来的人"。有关来历，大多数的学者认为，他们的祖先是党项人（亦称为"西羌人""羌人"，有别于今天的"羌族人"），党项人中的拓跋部落建立了西夏国，800年前成吉思汗西征时被灭国灭族，只有其中的一部分贵族和族人免遭厄运而侥幸逃脱，逃亡到了如今四川甘孜州和阿坝州一带。今天，我认识的木雅藏族和嘉绒藏族的朋友们就自认是西夏王国的后人。其后，一部分人又继续向南逃亡到了中国、不丹、尼泊尔和印度四国交界的珠穆朗玛峰周边的高山峡谷丛林地带。有资料显示，目前世界上夏尔巴人仅存4万人，多居住在尼泊尔境内，中国境内约有1200人，而陈塘镇则是中国夏尔巴人的主要聚居地。

曲珍的妹妹过来玩，早饭和午饭便在一起吃了。我们还有羊排，地里有青菜、有红皮土豆，涮火锅也足够丰盛。我和同伴商量在这里休息一天，吃完火锅后，我们把车洗了。

楼下有一台洗衣机，我又把我们两人的衣服也洗了。衣服一件件展开，和房东家的衣服一起，铺在房前的铁丝围网上晾晒，长长一大溜，极具浓郁的生活气息。我坐在长椅上，喝着茶，吸着烟，休息。突然间，一个念头在我脑袋里闪过：在这里，盖一处房，种一块地，养一群鸡，过着自给自足的生活，与外面喧嚣的世界相隔绝，这样的日子会不会很好？这不是我一直想要的生活吗？然而，我又真的能舍弃山外的世俗的一切吗？

他们在楼下聊天，我上楼想睡一觉。不一会同伴过来叫我："曲珍的妹妹在镇上开了一家酒吧，叫我们过去喝酒。"我不动，便说："想听着河水声睡一会，享受一下这份安静。"看着同伴犹豫，就怂恿他快去，并提醒他小心点，别喝多。然而，不多一会，同伴就回来了。我奚落他："怎么这样快就回来了？"他说："没去。"又说："你快别睡觉了，有一帮孩子背水泥正往镇上运，我上楼来就是要告诉你一声，现在楼下呢。"

一群十五六岁的男女学生，头顶一条托着水泥袋底的带子，又一条带子束在腰间。还没有长成的身体，背负50斤整袋的水泥，重负下他们深深地弯着腰身。孩子们说，背过吊桥到河对面的半山腰，能挣20元。我估算了一下距离，应该有二三公里的样子。我真是心疼孩子们。夏尔巴人居住地的高山险阻造成的与世隔绝，让他们的生存环境异常艰辛。珠穆朗玛挑夫的美誉，也许就是这样从小逼出来的吧。

当孩子听我说要给他们照相时，男孩们一个没剩全部害羞地跑掉了，女孩们一个不少都羞涩地留了下来。爱美，真是女孩们的天性。她们的笑颜，她们的乐观精神，让我感触万分。而我能做的，就是把她们的纯洁天真、质朴真挚定格在我的相机里。

规划中的中尼铁路和公路都要从这里路过，陈塘镇在不久的一天，必将建设成为一座重要的口岸城市。我真心地希望，这些花朵一般的少女，都有美好的未来。

羊湖边的小村庄

车到岗巴拉垭口，也就到了圣湖羊卓雍错。我们刚一下车，同伴就被两个韩国女孩连说带比画地带走给她们照相去了。

“重色轻友！”我冲着他们渐远的背影嘀咕了一声。背上相机包，扛起三脚架，独自往山头上爬。

有着“圣湖之王”美誉的羊卓雍错，是一个让人眼睛发亮的地方，如果赶上好光影，一定会让你激动得雀跃喊叫，不舍离去。

湖岸边那块黄黄绿绿的油菜花田，在湛蓝色湖水映衬下愈加夺目；形如“牛胃”的湖面，被风撩拨得波光粼粼；触手可及的白云迎面而来，大朵大朵地翻滚着，又掠过头顶浩浩荡荡而去；明媚的阳光穿透云层，在群山和湖面上投下斑驳的光影。美景如斯，让人陶醉。

我拍了几张照片返回车上，不多时，同伴带着满脸幸福状的欠揍模样呼哧带喘地回来了。

“你还没去拍吧，我跑回来给你背包来了。”同伴拉开车门，特虚伪地说道。

“我拍完了。看你这样子，心情好极啦!”我揶揄着他。

“幸福来得太突然，太突然!”他嬉皮笑脸。

开车下山，沿着湖边公路前行。右侧山坡上满是黑黝黝健壮的牦牛，左侧湖边则是白花花肥硕的绵羊群。

一个中年牧人独坐在湖边的石头上，群羊在他不远处寻着食物。我走到他身边坐下，递过去一个苹果，他接过苹果没有吃，放进了挎包。

“你吃吧，还有。”

他啃着苹果，我吸着烟。他叫索朗多吉，个头不高，40岁左右，清瘦的样子，戴着红色的毛线帽，穿着一身武警的旧军装。

“你当过兵吗?”我指着他的衣服问。

“没有。衣服是人家给的。”

“你长得一点都不像藏族人，和我差不多。”

他害羞起来:“哟、哟，我们这里都是藏族人!”

我又认真地看了他几眼，他的五官长相更像是西北的汉人。

太阳落到山后，索朗多吉要回家了。他执意邀请我去家里坐坐，看他真挚的样子，我没有拒绝，同他一起跟在羊群后面回家。

道不龙村，羊卓雍错岸边一个极为普通的自然村落。

小村庄二三十户人家，一条很宽的水沟将村子分为两半，溪水的水量不大，穿村而过汇入羊湖。白色低矮的民居沿水沟两侧分布，几十头口渴的牛羊在进圈前跑到溪边饮水，家家户户的烟筒冒着白烟。牛羊回家，家里人忙出来帮忙往圈里轰，暮归时分的小村庄顷刻间响起喧嚣的声音，呈现出一派热闹景象。

牧人们轰赶羊群入圈的吆喝声，孩子们的嬉戏打闹声，拥挤在圈门口的羊群“咩咩”的叫声，溪边畅饮的牦牛们“哞哞”的叫声，更有家家户户火炉上酥油茶的沸腾声……所有这些极具生活气息的声音，最终汇成了一首牧归曲，它的每一个音节、每一个音符都是那么自然美好，那么甜蜜入耳。

这短暂爆发出的热烈气氛让我兴奋起来，也忙不迭地学着索朗多吉的样子，吆喝着、轰赶着羊儿入圈。牛羊赶进圈，也就预示着一天的辛苦劳作的结束。跟随索朗多吉进入房间，女主人端上热气腾腾的酥油茶，又端来一盘热气腾腾的白面蒸饼。蒸饼有点像烙出的大饼，不同的是，饼都是提早烙好

羊湖边的牧羊人

的，吃前要在蒸锅中加热。酥油茶和蒸饼就是他们的全部晚餐，简单、富有热量。

索朗多吉告诉我，他们村都是牧民，牛和羊是他们全部收入的来源。他们有两个孩子，大女儿学习好，在拉萨读初中。小儿子在乡上读小学，他见到家里来了陌生人，就跑出去玩了。

“在高原上，放牧的大部分是女人和孩子，可是咱们这里，我看见的都是男人。有什么说法吗?”吃饭时我好奇地问道。

“我也不清楚有没有说法，我们这里就是男人。”他回答我说。

“放牧特别辛苦，咱们这里的人都知道疼女人!”

“呀、呀、呀!”他腼腆地笑着。

村里路灯亮起时，我们辞别了索朗多吉。小村子静谧而安详，此刻，每一家都正围着火炉，烤着火，吃着晚饭。

回望笼罩在炊烟中的小村庄，一股浓浓的暖意在周身缓缓流淌着。我在想，这里的人们，年复一年，日复一日，千百年来都在重复着今天这样单调又单纯的生活，他们快乐吗？他们满足吗？普通的一个牧人，普通的一家人，普通的一个村庄，而这，是否就是我向往的生活状态呢?

当惹雍错，折叠的圣湖

羊年初冬，我们再次来到圣湖当惹雍错，按照本教的仪轨，逆时针转着圣湖。

当惹雍错海拔4600米，是西藏第四大湖，湖水最深处超过210米，它也是全部湖面都在国境内的我国最深的湖。

湖西岸的转湖路多在山势较为平缓的坡下，路不险峻亦无村庄可停留，尤其是路上遇不到人和车，我们偶尔停车拍照也耽搁不了太多时间，算走得很快了。湖东岸的转湖路多在半山腰，虽没有奇险的悬崖峭壁，可与东岸的路相比要险峻很多，每逢视线不好的狭窄弯道便需要格外留意。

午后时分，我们已由湖的西岸转到南端。我们没有去南方直线距离15公里外的达果山脉主峰——达果神山，而是继续向东岸行驶。驶到一处叫穷宗的地方，这里横亘着一块巨大嶙峋似礁岩状的山体。山石上有经幡缠绕，山脚下架起经幡塔。沉寂地上的片片风马，迎风浮动的五色经幡，似乎在向世人宣示着，诉说着……

公元前1500年，雪域高原曾经诞生古象雄王国；诞生出雪域高原上最古老的原始宗教——原始斯巴本教，后人称为“本教”。它是古象雄文化的核心，也是如今藏族传统文化的源泉和灵魂。古象雄王子辛饶弥沃如来在本教的基础上，创立出更加系统的雍仲本教佛法，并创建了古象雄文字。我们常见的“卍”字符（藏语意为“雍仲”），就是其吉祥符号。而释迦牟尼佛法仅有2500年的历史，可以说，本教和雍仲本教是所有佛法的根。

当惹雍错是我来过次数最多的圣湖。多年来，我们西进北出，东进南出，来来往往，转遍了圣湖及其周边遍布的大小湖泊。每一次来到这片土地，我不只为那让人膜拜的圣洁雪山和深邃的湛蓝湖水而感动，更为那些被神山冰封在厚厚山顶，被圣湖沉入深深湖底，由时间折叠的过往感叹不已。

离开遗迹前行，当从一段弯弯折折的陡坡爬上平地时，同伴突然点了一脚刹车。“看，转湖的！”一整天都在为没有遇见转湖的人而疑惑，是不是来错了时间。幸运遇见的母女俩，让我慢慢积累起的沮丧心情，顷刻化成了喜悦。

沉寂地上的片片风马，迎风浮动的五色经幡，似乎在向世人宣示着，诉说着

狭窄的路边有一间小土房，还有一座路标。路标箭头向上是文布南村，向右是玉彭寺。待找好地方停下车，她们已经在车子七八米之外。女孩和妈妈竟然在岔路口等着我们。

“你们要去哪里?”女孩不等我走近，便开口问我。

“文布南村。”我回答她。母女俩各自背着一具木架子，架子上捆绑着一床毛毯。这是她们长途跋涉、风餐露宿全部的行李。

“晚上我们就到家了，你能不能把这个给我们带回去啊!”女孩把木架子放在地上，又帮妈妈从后背取下木架子。

我接过妈妈的木架子，好沉。答应给她送家里。女孩留下电话，告诉我她家的位置，以及她的名字——格桑措姆。

“妈妈要去寺院，我们先走了，谢谢你！”妈妈已经走向不远处的寺院，格桑措姆最后向我道别。

去途经的寺院燃灯拜佛，这是朝拜路上必做的功课。看着她要走，我赶紧厚起脸皮请求她:“给你照一张相吧!”又拿起她的木架子，“可不可以背上它?”

“好，不过要快。”格桑措姆转身，看了一眼在不远处一边和人说话一边等着她的妈妈。

我把两具木架子装上车。同伴问:“你不去寺院转转?”我看了一眼西边的太阳，离太阳落山也就一个小时左右的样子，便说:“不去了，天黑前我们住下吧。”剩下的山路崎岖，山也是险峻、陡峭，是整条长长转湖路上最危险难行的一段。

到了文布南村，蠢笨的我竟然没有找到她家；而那天晚上，母女俩住在了寺院，也没有赶路回村。我们在路边找了一户人家住下，把两件行李托付给主人。

第二天天刚亮，我们离开村庄，傍晚到了羌塘的腹地，平均海拔5000米的双湖县。安顿下，我打电话给格桑措姆。她说，毛毯人家给送来了，娘俩下午才到的家。她问我，能不能把照片发给她。我告诉她，当时只拍了黑白胶片，照片要回去后才能发给她。现在想起这事我都在后悔，当时在车上手里拿的是胶片相机，而且是黑白胶卷，下车时又忘了再拿一部相机，她又急着要去追妈妈，无奈之下，只是拍了三张黑白胶片。听过我解释，格桑措姆说没事的，她会把联系方式给我，等照片好了发给她。我没有等着回到北京才去处理拍下的胶片，而是返程途经成都时，在朋友的工作室冲洗扫描了全部胶片。看到照片，格桑措姆很开心。

格桑措姆受过良好的教育，大学刚刚毕业，父母不让她离开身边，她只好在家同父母一道放羊。我回到北京不久，她发信息给我，说要去远方的冬季牧场，羊群要走两天才能到。我让她放羊时用手机拍照片给我，她回复我说，在牧场的三个多月里，手机都没有信号。

背起木架子的格桑措姆

最苦的就是羌塘高原上的牧民。这些年，每到冬天，她都会告诉我，她要去冬季牧场。我也都会在心中虚构着场景：狂风和暴雪中，山坡上时隐时现的群羊和挥舞着“乌尔朵”的格桑措姆；寒冷又漫长的冬夜里，牛粪燃尽后冰凉的火炉，羊皮藏袍下蜷缩着的格桑措姆。她独自忍受的那份孤独与寂寞，我却不能深刻地感受。

羌塘，地域如此辽阔，而属于格桑措姆她自己的世界，却小之又小。我们偶尔会联系，她会告诉我她的状态：

“下雪了，好冷。”

“刮风了，不能出门。”

“家里同意我去拉萨打工了！”

“这里的老板真黑！”

“家里让我回家！”

“我在转山！”

“我在家乡的小学当老师了！”

“学生太气人了！”

“我辞职了！”

“我去县里学校上班了！”

“纪录片《第三极》你看了吗？金色麦田里那个背影就是爸爸！”

……

之后，初冬季节我又来到羌塘，她那时在尼玛县城学校工作。不大的县城，我们从黄昏找到天黑透，才找到一家有几间简陋客房的网吧住下。晚自习下课，格桑措姆坚持要来看我，舅舅骑着摩托车带她来网吧。网吧昏暗的灯光下，格桑措姆显得有些倦意，人胖了些、黑了点。

格桑措姆早知道我大致的行程，早早就安排好我们去住文布南村的姐姐家。姐姐家在村庄的最高处，能俯瞰全村和圣湖，是一处最好的“观景台”。姐姐准备了好几样高原上鲜见的青菜，姐夫取来半风干的牛羊肉。和姐姐、姐夫闲聊一会，他们准备晚饭，不让我们插手。同伴去车上拿了瓶二锅头叫我去外面喝。

黄昏，享受着小村庄这份安宁祥和。坐在石凳上，迎着略带温度的微风，喝起小酒，等候夕阳西下。脚下的房屋渐渐变为灰色；条块状、深褐色的青稞田静卧在湖边；黑蓝色的湖水波光粼粼；湖对岸的达果山脉延绵黝黑；漫天的浮云在深蓝色天空的映衬下，交织起黑色、灰色、白色、粉色和鹅黄的五彩。

我的耳边响起了那首《羌塘古歌》：辽阔的羌塘草原呵，在你不熟悉它的时候，它是如此那般的荒凉，当你熟悉了它的时候，它就变成你可爱的家乡。

当穹错一夜

那天早上，我是被彭措生火的声音吵醒的。

“醒啦，睡得好吗?”彭措往炉膛放着牛粪，随口问着我。

“睡得好香，不想起来。”我笑着回答他。房间好冷，我赖着不想爬出睡袋。

火生起来，房间立刻就暖和了。彭措往烧水壶舀着水。

“你一个晚上都没睡啊？”我起床，穿衣服。看了眼对面的床铺，被子已经叠好码放在一头，看来睡在这里的人在我们熟睡时已经走了。

“没睡，一会儿再睡。”彭措烧上水，开始煮酥油茶。

我装好睡袋，整理好床铺。对彭措说，我去外面看看，一会儿就回来。

11月的羌塘，难得无风。晨曦中，群山环抱的当穹错和当琼村，一派静好。初升的太阳在东方的山尖上探出脸来，光芒耀眼。斜侧面照射来的光线刚好打亮湖对岸一半的山体，光线雕刻着湖岸低矮的褐色群山。起伏和缓的山体和山头上残留的积雪，倒映在湖面，微波粼粼，斑驳陆离。

在暖融融的阳光中，深吸一口寒冷而又清新的空气，心境清明开朗。这里，就是位于昆仑山和唐古拉山脉以南、冈底斯山脉及念青唐古拉山脉以北，群山环抱之中的羌塘。当穹错，便处于羌塘平均海拔4500米的低山缓丘和湖盆宽谷地的高寒荒漠草原地带。

这里自然条件恶劣，寒冷干燥，多风缺氧，年平均气温在0℃以下。羌塘的湖泊也因湖水矿化度高，大多演化为咸水湖和盐湖，淡水湖凤毛麟角。

当穹错也是一处咸水湖，村里人吃水都要去山上背雪水和泉水。时至今日，我已想不起来，由当惹雍错来到当穹错的当琼村，50公里的路程怎么会在半夜才到？高原缺氧引起的不适，我在进入高原的头几天已完全消失。但记忆力的减弱，反应的迟钝，始终难以消除，使我在记忆中永远地遗忘了一些事，抹去了一些人。

寒夜里，几盏太阳能路灯闪烁的当琼村只听得到“嗖嗖”的风声。村庄房屋涂着的白色墙壁，月光下泛着青幽幽的蓝光。村口的小旅馆一点亮光都没有，冬天少有游人，店主人也就关门了事。深夜进村，我和同伴都没抱着住下的希望，只想穿村而过，翻过村后的扎卡拉山垭口，去80公里外的尼玛县城。

车进村子中心，一根原木横架在路中。我推开车门正要去挪开它，阴暗处忽然就钻出来两个男人。

年轻一些的男人打着手电晃着我们，问：

“你们是干什么的？”

“旅游的。路过，去县上。”我想他们是村里守夜的。

“这么晚去县上？”那个男人继续问。

“路上没有地方住，只好赶路了。”我回答。

两个人举着手电车里车外照了一圈。年轻男人就去搬原木。这当口，我试探着问年长男人：

“咱们村能住吗？”

他没有回答我，转身去和年轻男人说了几句。年轻男人快步去了路边的一户人家，很快就又回来了。说：

“村长说可以住，只是他家没有地方。”两人又耳语了几句。年长男人对我说：

“住我家吧。”

跟着年长男人没走多远就来到他家。院门没有锁，不大的院子堆满杂物，穿过院子没走几步，就是一栋小平房。房间是横向的，也不大，房门在房间的一侧。对门靠墙两张藏床；门左手边靠墙一张藏床，床上被子鼓鼓囊囊，像是包裹着一个人；右手门边，一人来高装满棉被的玻璃柜子，柜子下一张藏床。房中间，一个熄火的有两个灶眼的火炉。

年长男人指着对着门的两张床，低声说："你们就睡里面吧。柜子里有棉被，冷就自己取。"接着又问："你们吃饭没有？"

我和同伴也压低声，告诉他吃过了，并忙不迭地感谢他的收留。那时，我问到了他的名字：彭措。

小村庄归于平静。我们睡得香甜。

太阳由山后完全升起时，我回到彭措家。彭措已经煮好酥油茶，又端上青稞炒面，关心地问我们能不能吃得惯。我们告诉他，糌粑是我们在藏地最喜欢吃的食物。

刚吃完，一大一小、一高一矮两个年轻女子就进门了。彭措介绍说，这是他的两个女儿。两人见到生人很腼腆，对我们的问候，只是用浅浅的微笑回应着。彭措告诉我们，大女儿嫁在本村，家就在村里。接着指了指我对面的藏床，说：那是小女儿的床。

我想，小女儿一定是早起躲到姐姐家里去了。便歉意地对她说："晚上吵着你了，没让你睡好。"小女儿羞涩地笑着，不说话，去床上抱来藏服递给姐姐。

我给暖水瓶加满水，沏好我和同伴的茶。看着姐姐认真帮着小妹妹穿着藏服，我问彭措：

“她们这是要去做什么啊？”

彭措看着准备走的我们，用探询的口吻替代了回答：

“她们一会儿要去寺里念经，你们要不要去啊？”

辞别彭措。同伴去挪停在门口挡路的车；姐姐要先回一趟自己的家；我先跟着小女儿去寺院。

当琼寺，信奉藏传佛教格鲁派。它坐落在村后的半山腰上，依山而建，抬眼就可以看到。远看不大的寺院，待爬上二层的平台，就有了平坦宽阔的感觉。平台虽不高，却能俯视全村和整个湖面。

三四十户人家的村庄，在羌塘算得上是大村子。平台上燃着桑烟，烟雾下聚拢着四五十人。他们三五成群，背靠大山，面朝大湖，席地而坐；他们目光温暖祥和，亲和友善，一手摇转着经筒，一手拨动着念珠。各式各样的毛皮帽，羊皮藏袍是男人们的标准着装；羌塘的女人们喜好艳丽的色彩，一件藏袍上便有了黑、绿、青、红、棕色等多种色块。置身其间，顿感天、地、人的融合。

有集体念经这样大型的活动，那天应该是一个具有特殊意义的日子。能够无障碍沟通的彭措在家里补觉，两个女儿又极不爱说话，而且自从来到寺院我就再也没有见到她们。女人们为了避免紫外线照射，都用色彩厚重的头巾捂得尤其

人们三五成群，背靠大山，面朝大湖，席地而坐

严实，即便她们在我面前，我也难分辨出她们来。心中的疑问找不到答案，我索性游曳在村民中，留下他们的影像。

“你去给他照相，他的帽子我们这里只有他有，是清朝的。”当我给一中年男人照好相，他便指着墙根下，戴着形如头盔状毛皮帽的老者告诉我。我已经给那个老者拍过照了，当时只是觉得他的帽子与众不同，有些旧、有点脏，并没有多想。

“他说，是他爷爷给他留下的。”我听不懂老者说什么，随我一同过来的中年男人在一旁翻译给我听。100年前的帽子能保存得这般完好，我有些诧异。中年男人看出我的疑惑，接着说:“他一年也戴不了两次，是你运气好。”

运气这东西有些玄妙，说不清道不明。行走于青藏高原，我常怀敬畏之心，更爱生于斯、长于斯的人们。每当我在这里遇到困难，总会得到藏族同胞的帮助，犹如神灵的眷顾。我深信，当你心中盛满爱，被爱便会随时降临。我们能在深夜住下，并遇上这样的活动，是我们的缘分和幸运。他们留给我如烙印般清晰的记忆，我始终没有忘掉他们：和善的彭措；彭措羞怯的女儿；风趣的老爷爷和羞涩的老奶奶们。

传说，当穹错的湖水奇异，一天之中要变换三种颜色，谁能在一天之中见到湖水的三种颜色，谁就是幸运的。我不记得那天我是否见到过湖水的三种颜色，可我知道，能遇见这些虔诚而善良的人，我必定是幸运的。

杂货铺里的乡愁

扎布耶茶卡在200多万年前叫隆格尔古湖盆，那时湖面宽阔，比现在高出100多米。随着湖水消退，隆格尔盆地解体，形成了许多小湖盆，海拔4421米的扎布耶茶卡则是小湖盆中海拔最低的。藏北湖泊多为内流湖，以降水和地下水为补给，蒸发水量远高于补给水量。扎布耶茶卡虽有罗具藏布和桑日旧曲两条河流补给，也仍然改变不了其快速萎缩的命运，目前已萎缩为南北两湖，北湖水深数米，南湖水深仅两米，已成浅湖。

路上我们不慌不忙，走走停停。一会被英俊的藏野驴吸引，企图去接近它们的族群；一会被藏原羚屁股上的白心引诱，尾随它们走向草原深处；看见苍鹰在天空中穿来穿去，也要停下车，目光追随着它盘旋一会。最后，还躲在一处静怡避风的山坳里，涮了一顿火锅，吃了一条羊腿和半颗白菜。忘情在藏北苍茫大地之上，时间的流转被忽略了、遗忘了。我始终都想搞清楚，羌塘这片荒野有什么在吸引我。能想到的答案都被一一否定，正确的答案也许就是毫无缘由。

太阳刚一落山，风就起劲地刮起来。搞不懂羌塘这些让人头疼的风是从哪里来的，要刮去哪里。我不喜欢大风的天气，羌塘的冬季偏偏又是什么都稀缺，而唯独不缺少风。白天风和日丽，世界祥和，只要太阳落山，风就会紧跟着刮起来，而这风会让人睁不开眼，张不开嘴，迈不动步，呼吸都会困难，如同被什么无形的东西捂着口鼻。这旷野的风刮得毫无美感可言，只会自顾自地刮着，空有一腔力量，却不能将冻土地上的沙粒，哪怕仅仅只是一叶小草带到天空上去飞舞。

漫天繁星在通透的藏北高原穹顶闪烁，一弯晓月当空。在皎洁月光的映照下，扎布耶茶卡北湖岸边凝结的碱性物质被勾勒出白色的湖岸线。天色已经完全黑透，风顽强地刮着，湖边一侧，出现了星星点点幽暗的灯光。这样大的风，又格外冷，我不想再搭帐篷露营，也不想往前赶更长的路，想在这里碰碰运气，找一户人家住下。

这是个只有十来户人家的小村庄，我们在村前一顶蓝色帆布大帐篷前停下车。一盏很亮的孤灯在冬夜寒风中顽强地值守着，照亮帐篷上的三个醒目大字：杂货铺。

十来条野狗从暗夜的深处向我们跑来，它们围住车，似乎对陌生的气味很有兴趣。我没有理会这些寒风中冻得颤抖的野狗，下车走向杂货铺。厚重的棉门帘一掀起，热浪便迎面扑来，铺里有两个约莫30岁的年轻人。瘦小精干面色黝黑的男人，在往货架上码放货物；高大壮实，脸颊上有两块高原红的女人正坐在藏床边发呆。女人抬头见我进来，便上前来询问我想要买什么，我告诉她想在村子里借宿一晚。女人说，这里没有住的地方，可随即又追问："几个人？"我立刻回她："两个人。"我在心里暗自高兴，凭经验，当被问到有几个人时，十之八九是没问题了。果然，女人稍一思量，痛快地说："那就住这里吧。"女人始终都是一种淡漠的神情，像是收下货物一样留下了我们。

帐篷如同一个完整的家，正中的藏式大火炉上，几只大烧水壶吱吱作响地冒着水汽；门旁桌上，老旧笨重的台式大电视无声地播放着锅庄舞曲；电视机后面的三个货架上摆放着烟酒饮料、油盐酱醋和日杂用品；货架隔出来一块区域，堆放着各种包装的货物和杂物。帐篷的四壁和棚顶衬上了一层黑色厚实的牛毛毡子，用来保暖。火炉周边，贴墙摆放着四张藏床。我想，其中的两张藏床应该是给我们睡的。

女主人给我们端上一小盆糌粑面，我舀出半碗，兑上热乎乎的酥油茶，用手指搅拌着面，再揉捏成团。在藏地，我的愿望就是守着热气腾腾的火炉，吃着糌粑，喝着能暖遍全身又舒筋活血的酥油茶。小两口已经吃过晚饭，这时也坐在火炉边，不说话只是看着我俩吃。这时，村里的几个小伙子陆续进来，看见我们都是一愣，随即礼貌地朝我们咧嘴一笑，算是打过了招呼。

看来他们是常客，进门便习惯性地围坐在电视机前。男主人抱出一箱易拉罐啤酒，又去换了一张光盘。开启啤酒的“啪啪”声纷纷响起，男人们旋即进入到另一种状态。他们的说笑声混进电视机的高音量中，从帐篷那头荡漾到火炉这边。男人们的快乐气氛似乎也与眼前的这个女人无关，她全然一副没有兴致和他们闲聊的意思，一动不动地坐在藏床上烤火，她安静而慵懒。

“看你们的车牌是北京的，是从北京来的吗？”她慢条斯理地问。

“他们在看我们离家前朋友们送行的录像。”她淡然地回我。

“朋友在这里的盐场上班，说赚钱容易，我们就来了。”她幽幽地接着说，看不出一点赚钱带来的喜悦。

“你们不是这里的啊！”我很惊讶。

“我们从理塘来。”女主人很平静。

“理塘！”我情不自禁重复着这两个字。

理塘，传说中六世达赖仓央嘉措情人的故乡。我喜读仓央嘉措的诗作，知晓现代人由那些诗作演绎出的众多版本爱情故事。玛吉阿米、仁珍旺姆、达娃卓玛和桑洁卓玛，这些爱情故事里的情人，在我的脑海里始终没能化成活生生的具象，而理塘却因此让我敏感。藏北高原上这样的夜晚，这个理塘女人的出现，竟让我突兀地冒出一个念头来：她如果与那些传说中的情人有些瓜葛，抑或是转世而来该有多好呢。想到此，我情不自禁地认真端详起她来，妄图捕捉到一丝信息：肤色微黑，圆脸大眼睛，小嘴厚唇，颧骨和鼻梁高挺；浓密乌黑的秀发随意扎成一条马尾辫，高身材，体形微胖，给人一种结实的印象。她生就一副康巴女人典型的漂亮容貌。炽热的炉火把女主人的面颊烤得通红，迷离眼神中带着一丝不易察觉的忧伤，人更透出倦怠的神情。仓央嘉措喜欢的女人是这样的吗？我想，她是想家了。

男人们酒喝得兴起，有人大声喊着我们一道来喝。我坐在他们腾出的位子上，男主人打开一罐啤酒递过来。我想看看他们两口子离家前的样子，便凑到电视机前。画面上，他们两人面带红晕且兴奋，敬着酒又被敬着。女主人身穿天蓝色的藏袍，把她衬托得神情奕奕。夫妻两人在那一刻，徘徊在他们心头的不只是远方的诱惑，更多的还是对未来美好生活的憧憬与渴望。

他们的老家都在周边的乡镇上，跟随父辈举家前来盐场打工，时间一久便集聚成为村庄，村里人自然也成了盐场的工人。盐湖直接产出的盐是粗盐，我不清楚直接食用粗盐有没有害处，而如今村里人吃盐都是来杂货铺买小袋的精盐，从前人们没有提纯的意识，更没有条件，有盐吃就已经很不错了，这不禁让我想起那些发生在盐湖，并不久远的驮盐“往事”。

“小时候跟大人去驮过盐，都是当天就回来的，我们这边盐湖很多，不用跑很远。”他们的回答让我感到失望，我无数次在冬季深入羌塘腹地，总是把一份希冀埋藏在心里最深处，渴望邂逅《藏北游历》书中描述的驮盐队，还有那些驮盐人。但是，还有机会吗？希望有，又希望没有。

羌塘的众多内流湖几乎个个是盐湖，而具有采盐价值又易采的是浅水湖。采盐时间一般是在寒旱的冬天过后，夏天的雨季到来前，这时湖面蒸发退缩后的湖岸线会留下亮白的结晶盐。1000多年以来，藏北男人每年都要赶着牦牛或羊去叫作“茶卡”（盐湖）的“错”（湖）边驮盐。他们认为一个男人一生参加九次驮盐，才能报答父母的养育之恩。可以说，去盐湖驮盐，称得上藏北男人的成年礼。

驮盐人对盐湖的感恩，就像是藏地虔诚信徒对神山圣湖的崇拜。他们称盐湖为“母亲”，自称为“盐湖的儿子”。为了朝见伟大的盐湖母亲，驮盐队由清一色男人组成，而拒绝女人参加，认为女人会惹怒盐湖母亲。从出发那天开始，就必须使用一种只有驮盐男人才能听懂的“粗俗”语言。抵达盐湖后，在每一次装满盐袋，踏上归程之前，定要向盐湖唱赞歌，祝祷拜别。他们把糌粑或面团捏成牛羊形状，和酥油、柏枝投入湖中，献给盐湖母亲，感谢她给予的生命，保佑盐湖之子一路平安，明年再来。驮盐人们坚信，是盐养育着他们的一切，他们的祖祖辈辈，以及牧场的牦牛都是食用这里的盐才得以生存。

20世纪90年代中期，现代文明席卷西藏高地，驮盐的大戏开始谢幕，“粮盐交换”的贸易活动也退出了舞台。但驮盐经过千百年来的历史沉淀，其人文意义远远超过劳作方式本身，更多地反映牧人对自然环境、生活态度、人生价值的独特认知。那些曾经出没在盐马古道上，出没在荒芜羌塘上的驮盐队，或赶着几百只羊，或是几十头牦牛，日出而行，日落而息，他们的脚步声和吆喝声打破了空旷高原的沉寂，既留下了悲怆的长歌，更有豪迈的礼赞，它们都成了绝唱。

《驮盐歌·途中悲歌》这样唱道：

我从家乡出发的时候，我驮盐人比菩萨还美。当走过荒凉草滩地带，我驮盐人成黑色铁人。

我从家乡出发的时候，我身穿美丽的羔皮衣。当历尽艰辛赶到盐湖，我皮衣变成无毛靴底。

我从家乡出发的时候，我脚穿配彩两层底鞋。当走过岩石累累的山，我彩鞋像竹编滤茶筛。

我从家乡出发的时候，我赶着羊子千千万万。当走过无草无水之地，我可爱的羊纷纷死去。

我从家乡出发的时候，我花袋装满酥油肉茶。当步履沉沉踏上归途，我驮盐人吃草喝雪水。

我从家乡出发的时候，我亲友唱起送行的歌。当独行在茫茫风雪中，我苦思着家乡的亲人。

而《驮盐歌·驮盐人赞歌》这样唱道：

怯懦者害怕来盐湖，
有志者才敢上征途。
岩石峭壁我当梯子，
小山坡我当门槛儿，
走平原轻松如诵经，
白雪飘飘我当舞姿，

狂风呼叫我当歌声……

至今，人们从那充满激情的、高亢的歌声里，仍感觉古老的驮盐队伍仿佛就在眼前。

第二天风停了，扎布耶茶卡飘起一层清淡的水汽，给近乎白色的湖面平添出别样的韵味。东方天际间涂抹出几道淡淡的粉红，极像杂货铺女人脸颊上的那两片红。

这一夜，让我记住了杂货铺主人的名字：拥珍和吉布。愿他们未来的生活如期盼那般，幸福美满。

圣湖守夜人

远古时玛旁雍错附近有一个小国，国王爱惜子民，有一颗悲天悯人之心。他为百姓生老病死所要承受的痛苦而心生怜悯，便向高僧讨教如何才能让那些饱受痛苦的人脱离苦海。高僧告诉他：积德行善，救世济民才能使百姓逃出生天。国王听了高僧的话，盖了大棚发放衣物、钱财，每天煮粥布施百姓，国王这一行为持续了12年。12年里，淘米水汇集成湖，这湖从此成为人间尽善尽美的天堂，成为有了法力和魔力的圣湖。湖岸四边有四个洗浴门，东为莲花门，西为去污门，北为信仰门，南为香甜门。百姓绕湖一周去每个门沐浴净身，就可以清洁肌肤，清洗灵魂，清除人心中的烦恼和孽障；湖中有龙王殿，湖底尽是奇珍异宝，百姓只要供奉龙神便会富庶安康，生活美满。

玛旁雍错海拔4588米，淡水湖，透明度14米。它的湖水清澈湛蓝，水鸟嬉戏翱翔，如同一颗耀眼的明珠，一颗镶嵌在喜马拉雅山脉和冈底斯山脉之间的宝石，东南有纳木那尼峰，西北有冈仁波齐，两大白皑皑金刚般的神山耸立在侧，湖光山色相映成趣涤荡人心。玛旁雍错是圣洁的湖，是神湖。青藏高原从象雄文明始，具有了宗教意识，到以后传入的佛教，玛旁雍错无不被披上神的外衣，洋溢着神圣的气息，被赋予无上的法力与荣光。它头顶上金光灿灿的光环耀眼，人们向往它，不惜跋山涉水千里迢迢前来膜拜，一睹它美艳的容颜。它是本教、藏传佛教及印度诸教信众心灵所托的圣湖，是极乐天堂，是“西天瑶池”。

初冬的午后，我们从帕羊镇赶到了圣湖玛旁雍错。喧嚣一时，游人如织的圣湖，在冬季便少有人来了。碧蓝的湖水，嬉戏的水鸟，洁白的神山纳木那尼在湖水中倒映。而矗立在西北方向的“神山之王”冈仁波齐，则是在冈底斯山脉群山簇拥中露出脸来，望向喜马拉雅山脉这边，它神情凝重，似乎在企盼着、等待着，这里有它的妻子——“圣母之山”纳木那尼峰，也有它的情人——玛旁雍错。

湖边的一排铁皮房周围见不到人影，房门上白纸红字贴着从1到8的房号，像是简易小旅店。其中一间房子的烟囱中正冒着淡淡的炊烟，还有人在！很明显，我们开车进来时人家已经看到了，当我刚一敲门，门就被人从里面推开了。“你来啦，进来坐！”开门的大哥张口就是一句标准的普通话，满脸热情的笑容，这让我喜出望外。屋里，正在切白菜的妇女，放下菜刀和半颗白菜，热情地给我端上了一碗酥油茶。

寒暄过后，我告诉大哥来打扰他的缘由：想在这里借宿一晚，不想去远处的乡上住，住那边太不方便了。大哥给我添上了酥油茶：“就这一间房有炉子，现在是冬天没人来，其他房间就没准备炉子，连被子也没有。”

“没关系的，我们有睡袋，给张床让我们睡就行啊！”我马上说。

“夜里很冷！”大哥笑着说。从他的表情，我看出他的潜台词就是“你这样的体格可不行”。

我不肯放弃，厚着脸皮赶紧接着他话说：“不怕，能让我们住就好。”

“你们几个人？”

“两个人，就两个人。”

大哥答应了！我喜出望外，不等他开口，就接着说：“我现在去湖边转转，太阳一落山就马上回来。”

大哥顿了一下，让我等一下再走，便和切菜的妇女说起了藏语，片刻，回过头来说：“我们收拾一下，你们俩就和我们住这间吧，等你们回来吃饭！”

我真挚地连连道谢，大哥只是憨憨地微笑着。

十月下旬，阿里已进入冬季。这天的天空晴朗，微风吹动湖水，一浪一浪地轻轻拍打着湖岸；空中几朵小云，不慌不忙悠扬地飘荡；我叫不上名字的水鸟，一群群地或在空中翱翔或在水中嬉戏，它们一会俯冲入水中，一会又展翅贴着水面滑翔；对面的纳木那尼峰与身侧的神山冈仁波齐依旧遥相守望。我在圣湖玛旁雍错北岸，慵懒地靠坐在车座上，享受泼洒在身上的暖阳。我们也同往常一样，冲上一杯咖啡，然后，一动不动，感受这别样的世界，没有思绪，没有话语，就这样在神山圣湖之间，感受宁静与祥和，还有从内心生发出的敬畏。

没有晚霞，没有日照金山，夜幕在毫无仪式感的状态下降临了，我们也没等太阳完全落山就回去了。下车时在后备厢拿了一只鲜羊腿，几个土豆，同伴拎上一大桶二锅头，借此表达我们的感激之情。

想帮忙做饭，两口子不让。闲聊中知道，大哥叫桑珠，大我几岁，读过小学，又在拉萨当了两年兵。嫂子叫卓格，不会讲汉话。他们家就在乡附近的村子里，冬天这里的旅馆关门，老两口就过来帮着看房，挣点辛苦钱。

看着他们在眼前忙碌着，我拿出手机写道：“寒冷的夜，在桑珠家留宿。牛粪烧得小屋很温暖，喝着酥油茶，卓格嫂子在给我们准备佳肴！”很快，一盆羊肉土豆丝，一盆羊肉炖白菜就做好了。桑珠老两口不喝酒，端起酥油茶和我俩碰杯。嫂子的厨艺不错，菜有点川味的意思，米饭也压得很烂，那顿饭真好吃！

在这号称“世界屋脊之屋脊”的阿里，遇到这样友善又热情的人家，住在他们温暖又舒适的小屋，给了我回家的感觉，让我度过了一个放松而舒适的夜晚。

天亮了，湖面升腾起晨雾，初升的太阳把晨雾和枯草染成金色，置身其间犹如仙境，我知道，这样的美景可遇而不可求。

离开桑珠家，我又写了一条感言：“早起生火做饭，小屋顿时暖了，煮酥油茶，吃糌粑，我很幸福！吃的水是河里的，虽然烧不开也是煮得沸沸腾腾的，糌粑今天吃起来也变得美味！感谢桑珠一家！”

千百年来，这里流传着玛旁雍错、纳木那尼峰与冈仁波齐神山间的凄美传说，于我而言，在这里不仅感受到了湖光山色之美，宁静之美，还感受到人与人之间，那份朴素的情意与关怀！

此后，我又多次来到玛旁雍错，每次都要在此停留上一两日。黎明前，我会跟随在转湖人的身后，打亮车灯为他们照明脚下的路，也会在他们休息时与之攀谈；日出时，我有幸享受它赐予的金色晨光，和晨光蒸腾起的雾霭；而在午前，我会去玛尼堆前拜谒神山圣湖，去寺院膜拜祈福，排在转湖人的队伍中进入传说中的修行洞企图获取加持；正午时分，我会扛起靠背椅坐在圣湖边晒醉人的太阳，凝望神山，聆听水鸟欢快的啼鸣，尽赏哈达般洁白的祥云风中飘荡；到了傍晚，我会与一场不期而遇的乌云相会，喜看素有“不可战胜的碧玉之湖”美誉的它与“恶魔”厮杀；而每当夜晚，我都会怀念起与桑珠夫妇痛饮痛食的那一天。

简易旅馆拆除了，从此，我再也没有见到过桑珠两口子。

班公湖的夕阳下

阿里这片土地是神奇的，神奇之一就是无论你每天走多久、走多远，都会有一些或大或小的原野出现在眼前，让你尽情驰骋撒欢。不像内地的山区，会有“十万大山”这样的景观和“地无半尺平”这样的无奈。阿里，山就是山，坦坦荡荡地立在那里；原就是原，平平坦坦地展在那里，泾渭分明，就是山与地间的过渡也是柔情般地缓冲着再抬起，少有那种陡起陡降的险峻。

班公湖的南北两岸都有着这么一片狭长而平坦的原野，这里也是我喜爱的地方。班公湖又名班公错，是拉达克语的音译，藏语叫它“措木昂拉仁波”，意为“长脖子天鹅”，位于喀什昆仑山与阿龙干累山之间的槽谷中。湖体狭长平直呈槽谷形态，是我国最西部的内陆湖泊，是跨越两国的国际湖泊，也是地处高原边缘的湖泊。

斯文·赫定在著述中断定：班公湖原先是一条外流河，它始于色林错，向西沿一洼地至班公湖，进入克什米尔后即与印度河上游相接，最后注入海洋。中国科学院青藏高原综合科学考察队的考察结果也肯定了他的观点，认为，班公湖要西流是完全可能的；并强调，班公湖两岸丰富的洪积物将班公湖出口处堵塞，使它与印度河支流协约克河断开而成为内陆湖泊。

班公湖是观鸟的好地方，我们每次到来都可见成群结队的斑头雁和棕头鸥在湖面上空惬意翱翔。我喜欢高原上恶劣自然环境里的生灵，我在高原上行走一趟下来都会瘦上几斤，而高原上的生灵们却个个肥壮，哪怕是在空中飞舞的鸟类也无一不是，这让我惊奇又诧异。

我没有带长焦镜头来拍它们，便分别沿着南和北两条湖岸一路向西行，希望可以逆着时光，寻觅1962年的战场及遗痕。如今湖水依然荡漾，两岸绵绵群山依然傲立，来此的游客们，你们有谁知道，又有谁记得？50多年前这里发生过战争呢！是我们英勇的人民军队，流血牺牲夺回来被占领的国土，今天，我们才能在自己的土地上徜徉。

我在心中想象着当时的战争场景。在我的脑海里涌现出的是我军将士们摧枯拉朽之威武，宜将剩勇追穷寇之雄壮，势如破竹之豪迈。我为英雄的人民军队自豪！

遐想着，不觉间，一个村庄出现在眼前，一面鲜艳的五星红旗在村庄尽头的旗杆上迎风飘扬着。红旗下，是我们持枪守卫的边防战士。我们到了边防哨所，边境线就在眼前。和平生活得来不易，我矗立在哨所前，面向五星红旗行注目礼，在心中默默地为战争中英勇牺牲的官兵们敬礼！为奉献边防的全体官兵们敬礼！

一个村民模样的青年从哨所出来走向我。他礼貌地说："你只能走到这里，不能再往前走了，前面就是边境。"我告诉他：想去看看界碑。又接着问他："咱们村可以住吗？"青年认真打量着我，说道："这里还没有旅游的人来过，你和我去找村长看看吧！"

穿过半个足球场大的一块空地，就进入了村庄。这是一个比较大的村落，在阿里几乎没有这样大的村子。村子全部都是平房，平房和院墙的墙面都是用泥土糊着再粉刷上白粉。村委会和普通的农舍一样，一个小院、一栋平房，青年掀起厚厚的门帘让我先进去。屋里有五六个人，一个中年男子蹲在火炉旁，在水盆中使劲地搓着衣服，其他人站在火炉旁烤着火。青年和他们打过招呼，中年男子看到陌生的我，站起身来，手在衣襟上用力擦了两下，伸过手和我握了一下。青年向我介绍说：他就是村长。村长看了一眼我的身份证和边防证，说："我们村子不让外面的人住，你想住就要去边防站问问，他们同意了我再给你安排。"接着，屋里的几个人便商量起谁家能住来。看着他们热情的样子，我却犹豫了，地处边防线，保密防谍意识大家都有，即便住下来我们也不能随意拍照，便赶紧说："今天先不住，我们是计划今晚住多玛乡的，以后有机会我们再来。"

告别了村长，青年和我一同返回到车前，我们和他道别。他突然说："你们可以去边防站下面看看，车开一公里就到湖边了，特别美！"他指着远方夕阳下的山水相交处。我再次和他握手感谢他，并笑着问："能去吗？"青年也笑了起来，"你们去吧，我现在回边防站看着你们！"我又开玩笑地说："你快去吧，千万别开枪！"

我们向着青年指引的方向驶去。此时正值夕阳西下，只见太阳落山的地方尘土飞扬，远处一队羊群逆着光芒在牧人的带领下向我而来。极目而去，这队羊群的后面又是一队接着一队的羊群。夕阳的光芒给牧人身上镀上金色的轮廓，他们或转着经筒，或骑着骏马，或闲庭漫步，或带着孩子，或边走边织着毛衣，一队队浩浩荡荡，威武凛凛，卷动着尘埃，向我而来，再从我眼前掠过，那气势和排场绝不逊于大阅兵带给我的震撼！在彼此交会时，我们友好地挥手示意，简单地交谈。这样的情景，及至我回到内地以后，还常常浮现在

班公湖夕阳下的牧人

我眼前，这是平淡岁月中如诗如歌般的时刻，温暖、祥和，有着彩霞般的光辉。

和平，来之不易，亦更显珍贵！

夕阳下，村庄一派祥和气象，老人们三三两两唠着家常，年轻人脚步匆匆赴着约会，孩童们追逐嬉闹，炊烟从每家每户的烟囱上升起。

行走在高原，不仅享受辽阔大地上的无限风光，更会拥有许许多多未知的遇见，这如恩赐般的遇见，每每让我欣喜若狂，激动万分。这些未知的相遇与邂逅，带给了我旅途中的惊喜，让我爱上了出发，从一个地方流浪到另一个地方。

古色记忆

神鸟布谷鸟是门域鸟，你飞离此地向门域去，飞走的鸟儿吉祥如意，留下的人儿心想事成。

上方的那个蔚蓝天空，那天空中的太阳月亮，祝愿天空你永恒不变，日月环绕四大洲行走。

——吉祥舞唱词

古色，不是一个传统意义上的地名，而是现今江达县界内，六个古色部落联盟曾经的地盘和势力范围。它隐匿在横断山脉的深处，偏安一隅，少有外人侵扰，文化遗存保存完好。原生态的古色卓舞，享誉藏地的古色木刻艺术，依旧保有原初的样子。

在西藏大学读研的旺姆，选择老家古色的卓舞和木刻作为毕业论文的研究方向，计划在人员最齐的“古色夏季盛会”时，回来做调研。她知道我有兴趣，就叫上我与她一同前往。我们约定在昌都会合后再一同前往，我因昌都邦达机场下雪取消航班，耽搁了行程；她则是在拉萨搭上了老乡回家的车，1400公里的路程一股气就开去了江达县城。我飞到昌都，次日中午坐到江达的大巴车，找她会合。

下午五点多，我到了江达县城，见到旺姆和年龄与她相仿的侄女拉姆。江达县是317国道由四川进入西藏的第一个县，号称藏东门户。县城如今也是高楼林立，街道上人和车虽多，却不觉得嘈杂。我们商量好不在县城逗留，直接去古色参加藏历六月十五开始的活动。在街上买了些蔬菜和水果，又去拉姆家取上她俩的行李，我们便兴冲冲地赶往目的地——古色的色迥寺。

出城向东20余公里，下317国道，驶上乡道。进入乡道山谷明显变窄，北来的藏曲开始与我们相伴一路向南。“这条河谷叫吉荣大峡谷。是不是很漂亮？我的老家好看吧！”当峡谷更窄，两旁山峰也更加俊秀时，重回故里的旺姆难掩心中喜悦。谁不说俺家乡好呢！

芒康山脉在藏曲河谷一段，就有了它独特的性格：山势不险、不缓，山体不高、不矮，河谷不宽、不窄，河水也是不急、不缓。喜马拉雅造山运动到了这里，仿佛全部都安排得恰到好处，如同它的别名“宁静山”一样，沉稳，宁静，与世无争。

江达，西靠昌都，东邻德格，在政治、经济和文化上，自古以来受到这两大重镇，尤其受到仅一江之隔的德格土司势力的影响和挤压。1643年后，蒙古族固始汗率青海和硕特部攻打白利土司邓悦多吉，第七代的德格土司向巴彭措与其结盟，擒杀了白利土司邓悦多吉。土司因功被册封为“法王”（德格土司由此称为王），并得到金沙江以西原白利土司属地的白洼、洼热、康多拔日等地。随后，德格王向巴彭措击败前来讨缴黄金税的贡觉、桑珠用地方土司康珠。古色部落联盟的古色得尼、古色得沙、古色白卓等六部见康珠土司势败，相继倒戈投靠德格王。古色自此归于德格王势力范围，后成为德格“十八宗”里最大的一个宗，也从此被深深地打上了德格的印记，直到1950年解放。

车驶过一处峡口，谷地又豁然宽阔，河床上满眼葱绿的青稞麦田；前方河左岸的山坡上，是红墙金顶、气势恢宏的寺院建筑群，它是色迥寺；车继续前行，河右岸平地上，一顶挨着一顶的白色帐篷进入了眼帘，那里是古色部落民众聚拢而来的宿营地。

色迥寺是一座古寺，据《江达县志》记载：“色迥寺位于波罗乡色迥村，全名‘色迥迥谢珠达吉林寺’。南宋宝祐年间，由八思巴弟子阿尼塘巴创建，始奉萨迦派。”我查了资料，南宋宝祐年是1253—1258年，依此计算，色迥寺距今应在761—766年之间。有一天，我和拉姆的弟弟路过寺院，他跑去大殿的窗户下往里打望。“你来看，里面黑乎乎的那是墙，是被毁坏大殿的墙。”色迥寺早期建筑为“旧大殿”，陆续增建了其他建筑。“文革”时寺院大部分建筑被毁，1981年重新修建了护法神殿和新大殿。建新大殿时，那堵未倒塌的墙，被保护在新殿内。

车送我们到色迥寺，停在红色、壮阔的高墙下。我们一行人要借宿寺院的僧舍，住僧舍要比住帐篷好太多啦。一个中年僧人走来，和旺姆两人寒暄了几句，带着我们去他的僧舍。寺院出家人都有自己的僧舍，僧舍往往也具有家族性质。它由前辈出家人修建，传给后代出家人，再传承下去。远道来寺院敬香或是参加活动的人，都会投靠僧人中的亲朋好友，借宿僧舍。

寺院大殿四周，栉比鳞次的低矮建筑就是一栋栋僧舍了。僧舍是典型的康巴式建筑，全木质结构。外墙一层楼的高度糊着泥巴，刷着萨迦派寺院特有的深灰色；二层外墙裸露的原木上，涂着绛红色涂料。僧人不饲养牲畜，室内一层就成了堆放木料和劈柴等杂物的场所，地面是黄土地，坑洼不平，当中有一架通往二楼的木制楼梯。从头顶上的横梁、支撑楼板的原木和楼梯踏板、护栏的磨损程度，以及所有木质材料上黑黝黝的颜色来看，僧舍必定是年代久远。

上到二楼是一条东西横向的过道，过道对面是一扇挂着布帘的矮门，僧人掀帘推门，低头弯腰跨过门槛。进门是一个厅房，东边和西边各有一间房。放下行李后，僧人又掀起东房门帘，打开推拉门请我们进房间。东房是客房，南墙有两张藏床，靠东墙整齐码放着一摞棉被和藏式卡垫。

僧人坐在我身边，在他和旺姆、拉姆两人说话那会，我才有机会端详他：相貌英俊，肤色稍黑，眼睛大，鼻梁高挑，个头略高，略胖，40岁出头的模样。浑身上下透着一股修行人的无争和寡淡。

“啊，哎哟！”门外传来拉姆的叫声，伴着叫声，拉姆揉着脑门，龇牙咧嘴地进来。“哎呀，磕头了！”我和旺姆大笑。僧人去了西边他的房间后，拉姆就去了卫生间。僧舍的门都非常低矮，稍不留意头就会撞上门框。在接下来的那些日子里，我是不停地撞着头，楼门、卧室门、厨房门、茅房门、阳台门、楼梯口，甚至是一层很低的房梁，我都要反复地撞。头两天我还有意去计数，后来看见撞头后揉头、咧嘴憋着不吭声的旺姆，和磕头后嗷嗷叫的拉姆，两人也不停地撞，我释然了，索性不再去记它。我不知道僧舍门建得如此低矮，算不算是修行的一种方式、一门功课？以此来训练我们的谦卑和敬畏之心，控制我们的情绪，告诫我们处世之道呢？

锅庄的舞曲声偶尔会随着风向，飘过藏曲，飘来寺院，飘进我们的耳朵。那音乐声虽微弱，却足以撩拨两颗年轻的心。我们离开寂静的僧舍，穿过无人的寺院，来到山下的路上，这里是世俗的世界。举家前来的人们，在路两侧帐篷摊铺前那些商品前踯躅着，虽少见买卖，却是热闹。桥头那边是帐篷餐馆，正是吃晚饭的时间，人很多，我们都饿了，就选了一家有座位的藏面馆。

吃饱面，我们走上五六十米长的钢筋水泥大桥，桥面高，可以看见北方和南方的两个谷口，我们这里是一处菱角形的宽谷盆地。桥上人们三五成群地闲逛着，脸上挂着清淡的喜色；桥下是水面宽阔的藏曲，河水击打着卵石荡起大大小小的浪花。华灯初上，东北面山坡上的寺院金顶亮起灯来，灯光雕饰出寺院的轮廓，金碧辉煌，华贵庄严；西北面山脚边是一片平坦的坝子，密密麻麻安扎着帐篷。帐篷内外的灯光，烘托起篷顶烟囱中盘绕升起的炊烟，随同喇叭唱响的锅庄舞曲一道，徐徐飘散开来，如同洁白的哈达荡漾在似虚无、似复兴的古色天空。

老人们为躲避喧闹往外出，年轻人寻着舞曲声往里来，当我们来到帐篷营地尽头一大块用绳子围起来的场地时，早

热闹的锅庄舞

已聚集起很多的年轻人。旺姆和拉姆她们两个漂亮的女孩不去跳，却一起怂恿着我跳，我自觉佝肩塌背，绝不会上去糟蹋自己，况且跳舞的又都是年轻人，我愣乎乎上去是丢人现眼啊。

舞曲是传统的锅庄舞曲，节奏和配器却是劲爆的电声迪斯科。青年男女在场地里一圈环套着一圈，使劲地抡舞着长臂，夸张地把两条大腿弹起老高，表现得忘我又潇洒。这样的锅庄我是头回见识。拉姆是本科应届毕业生，还没谈朋友，见她饶有兴致，我便拿她开玩笑：

“你看得这么认真，是不是在选男朋友啊?”

拉姆“呵呵”笑着:“不会的，不会的!”

旺姆蹙着眉头，“这是年轻人跳着玩的，不是传统的卓舞，后天开始，每个村子跳的才是真正的卓舞!”她又指着场地告诉我，这里，她们叫作“偕扎唐”坝子。

青年永远都是时代的弄潮儿，要开创先河，要文化创新，不知道以后的锅庄会不会就成了现在这副样子。

第二天旺姆和拉姆起得很早，她俩不仅带来了青稞面、酥油和牛肉干，还各自带着瓷碗。我不喜欢满手酥油那种油腻腻的感觉，就劳烦旺姆抓好了糌粑给我。藏地每个地方吃糌粑的方式不同，有先在碗里加上酥油茶，再用手和好青稞面，攥成团吃的。我是这种吃法。也有在盛着青稞面的碗里添入一点奶茶，用舌头舔着吃，舔完一轮再加入奶茶再舔着吃的。古色就是后面的这种吃法，这样的吃法省去了用手和面。

吃过糌粑，两人便忙着化妆，穿藏服。村里推举她们两个文化人做活动的主持人，上午要去同两个男主持人对词。梳妆打扮妥帖，旺姆看时间还够，就临时起意让我给拉姆照相。拉姆爱笑，对着镜头就会情不自禁又莫名其妙地咧开嘴笑上一会，旺姆让她学做淑女，要矜持，她嘴里就嘟囔起“要淑女，要淑女”，可依然是笑个不停。

我们下山，进入帐篷营地，她俩去找男孩对词，我在四处闲逛。艳阳高照，帐篷里闷热，人在里面待不住，大多都去树阴下纳凉了。

“偕扎唐”坝子树多且茂盛，铺着草坪样式的化纤地毯。坝子四周彩旗飘扬，两旁树梢上横跨着坝子系着彩色条旗，营造着喜庆、祥和的气氛。这里聚集的人很多，孩子们奔跑嬉戏；中年人扎堆聊天；老年人则是摇动着经筒，默念着经文；年轻人却是少见，或许是在养精蓄锐，等待在天黑后狂欢的锅庄中释放。

古色夏季盛会，据说有500余年的历史。“偕扎唐”坝子北侧，搭有一顶巨大的白色帐篷，上面绘着蓝色的吉祥八宝。

藏历十五、十六活动的前两天，色迥寺的僧人要在里面诵经祈福。

中午与旺姆和拉姆会合，去帐篷餐馆吃面。旺姆告诉我："下午是灌顶，大家都等着参加呢。原来的古色六部，现在分布在娘西、同普和波罗三个乡，人会特别多，你跟着我们别乱走。"旺姆是对传统文化有着深厚情怀的文化人，随即又追问：

"你要不要和我们一起灌顶啊？！"

"要！"我坚定地回答。

灌顶，源自梵文"阿毗晒噶"，其意为"注入"及"驱散"。信众们都以身心受到灌顶，在加持中获取功力，驱赶知障及烦恼障而倍感殊荣。因此，成为法事中最具殊胜的仪式之一。行走在藏地许久，被多次灌顶，而我顽固地愚钝，心依旧混沌，心魔也依旧在，头脑也未曾有过唐朝诗人顾况所说的那种"岂知灌顶有醍醐，能使清凉头不热"的"授权"，而使得我注入觉悟之力，净化身、口、意之罪业。

我们吃过饭就赶往"偕扎唐"坝子，想着去占据前排的位置，到后却发现还是来晚了。坝子与诵经大帐前十余米宽的空地上铺着红色的化纤地毯，红毯上对坝子的前排正中央有几把红色靠背椅，想必是活佛和高僧的位子。靠背椅两边是几条长板凳，再往外则是在红毯上又铺了毛毯，应是留给普通僧侣的座位。留给村民们的位子是坝子的绿地毯，我们在人群后十排开外的空处坐下，面朝红色靠背椅，等待活佛和高僧们的醍醐灌顶。

风从南方来，云朵在头顶聚合成片，随之染成浅灰色，列阵往北方滚滚而去。村民越聚越多，没有多久绿地毯上就挤满了人。法号吹响，仪式开始，活佛和高僧们不知是在讲话还是在念经，我听不懂，就时不时地回头盯着南方天际那块巨大、极黑、极厚的乌云，判断它的航向和航速。

人群纷扰起来，有僧人在梳理队伍，我们前面很快就梳理出五六条通道来。灌顶要先走完前面的通道，待到我们这里时间不会短了，我不禁又回头去看南方头顶上的那块乌云。乌云下拉出密集、好看的雨丝，像是在倒着拔丝苹果。雨丝浓密，这雨小不了。我估摸着它达到的时间，在心里祈祷它慢些走，向别处走。

法号再次吹响，开始灌顶了。通道前排的信众纷纷跪地，后排的信众屈身蹲着，再后的信众则是站着深躬起身子。人们的脖颈一律向前、向上拔着，伸出头颅迎接灌顶。活佛嘴唇翕动似在念经，左手摇动着铃杵，右手执咒幔挨个轻触信众头顶。几名高僧或执甘露宝瓶，或执经书，或执佛像等法器紧随活佛身后，同样是挨个轻触信众头顶。后面是两名年轻的僧人，一人提着金黄色彩绘八宝图案的水壶，小心地往信众手心中倒奶状的液体；一人手捧盛着深红色长寿丸的草筐，每人一颗地分发着。

乌云遮住了阳光，风继续往北吹，卷起尘土带来阴冷的凉意。黑云压城，风雨欲来。人群骚动了，人们纷纷起身添加衣物，准备雨具。活佛和高僧们泰然自若，神色如常，照常为每一颗伸来的头颅灌顶。当活佛一行灌顶到我们的前排时，躲不过去的大雨终究还是夹带着冰雹来了。

拉姆带了一把遮阳伞，我们都蹲着挤进小伞里。拉姆在中间抱着我的相机包，旺姆紧抱着拉姆，我左臂抱着右臂，挤进去了个脑袋，还好，我们身后都是人，他们也在为我们遮风挡雨。一阵慌乱，待人们都找到了舒服的扛雨姿态后，安静了下来，这时，我却寻不见活佛和高僧们，他们想必是到大帐中躲雨去了。前面被灌顶了的信众都走了，只剩下我们这些没被灌顶的人待在原地，在狂风冰雹的肆虐之下守候着。

我常提及青藏高原的雨，它来去匆匆，飘忽不定，尤其是雨季里，说不准哪片云就会下起雨来。如有心，总会在天空的云朵中发现正在“拔丝”的云。而生活在这里的人们虽然熟知雨性，出门却很少有带雨具的，淋就淋了，满不在乎，他们知道雨一过必定又是艳阳高照。

半夜，僧舍来了母女三人，她们是中午赶来灌顶的，两个女儿晚上又去跳了锅庄直到结束。旺姆和拉姆虽不认识她们，可她们判断，必定也是僧人的亲戚，那也算是她们的亲戚了。古色地广人稀，居住分散，交通不便。“古色六部，一千零五户。”当初的部落与部落之间，如今的村庄与村庄之间，除去族群关系、信仰关系，又有了更深一层的婚姻关系。这里的人们，彼此之间差不多都能攀上或远或近的亲戚。

早上，两个女儿会打开二楼东头的阳台门去化妆，我也就找到不出楼门就能吸烟的地方。一天早上，我刚吃完糌粑进来个中年男人，他向我点头示意后就进了僧人的西房。我则是去阳台上抽烟。

两个女儿都在阳台上，大女儿拿着把小镜子化妆，小女儿坐在一旁陪着姐姐。

旺姆和拉姆两人拿到主持词后，有空就会朗诵上几句。旺姆曾来主持过，有经验，很淡定。拉姆是第一次主持有些紧张，会问我：“感觉怎么样？”是藏语主持，我听不懂她们念的啥，可还是很认真地夸赞她：

“语调太甜了，那些小伙子会受不了的！”

到了古色，感受到如同庙会一般热闹的气氛景象。庙会源于寺院和道观为扩大影响、吸引信众而组织的活动，学者称其为宗庙郊社制度——“祭祀”。在内地，庙会曾经的初衷和功用已经成为历史，像北京春节的庙会，已演变为商铺和百姓一道烘托起来的娱乐活动。而古色这里，活动是民众自发组织的，因借用了寺院的地盘，便与寺院的法会活动有了交集，而我也得以有幸看到庙会曾经的大致模样。

灌顶后，坝子上的“卓巴”(舞者)登场了。他们穿上只在重大活动中跳卓舞时才穿的盛装，佩戴上有着古色特色的头饰和服饰。那些天里，整个坝子上的舞者们个个峨冠博带，光鲜艳丽，珠围翠绕，宝气珠光，宛若一场服装和饰品的博览会。

男人头上盘起叫“擦洛”的粗辫，辫上戴着叫“扎贴”的发夹，发夹下串上叫“帕索”的玉石；他们脖挂佛珠；左耳戴着耳环。跳舞时要背上佛龛“噶乌”，挂上火镰“麦掐”，穿上藏靴。还有其独特的装束：用白色纱布缝制的宽大、褶皱间有红色布条的“布热朵查”(蚕丝裤)；用彩色粗线，手编大围巾折叠成的，厚重、气派的帽冠——“莲花帽”。男人们如此装扮，当是藏地中最爱美的男人群体啦。

女人们的装扮就更为丰富多彩。头顶向后直到腰间，是一条红色的“扎垫”，“扎垫”顶端是一大颗黄色“碧喜”(蜜蜡)，蜜蜡上点缀着一小颗红色的珊瑚；头顶后是大颗的“果玉”(头上的绿松石)，再往下交替镶嵌着珊瑚和蜜蜡；在背部

盛装的男舞者

盛装的女舞者

还有一朵由金托镶嵌珊瑚的花儿“梅朵”。长发在双耳后编成一排细辫，细辫上挂着由金银宝石制作的“亚腾”饰品。脖子上挂着天珠和珊瑚交替串起的佛珠。腰带上的挂件则是：钱包“巴库”、挂饰“邦间”、腰挂“罗松”、针线盒“卡库”、清洁盒“初库”。不胜枚举。

男人和女人们佩戴的饰品，大多是祖辈传下来的老物件，用料考究，制作精良，每一件都极致精美。古色这地方对天珠情有独钟，我仔细看了几串由十余颗老天珠穿成的佛珠，她们说不清楚是祖上几辈留下来的。我还看到一个火镰，油光黑亮的装饰皮竟然是鳄鱼的皮。

此后几天的文艺展示，我得以完整地欣赏到古色的地域文化。十几个村子轮番上演着卓舞、情景剧、唱歌、木刻和书法作品展示评比及萨迦格言背诵等节目。而我，尤其喜欢卓舞这种传承了千年的演出，不仅是感受它的那份热烈和带来的视觉享受，更是体会舞蹈艺术背后蕴含的民族审美和文化积淀。旺姆很诗意地对我说：“古色自古地灵人杰，男人才能出众，女人貌美贤惠，塑造了丰厚灿烂的文明！德格王身边的参谋秘书，很多人都出自我们古色呢！”

古色卓舞严谨、规范、典雅、庄重。它没有现代舞华丽的舞姿和复杂夸张的造型，它舞出的是千年传承下的原始、古朴，是对神灵、对佛陀的那份敬畏之情，是一种以内在的情怀来感染人的舞蹈。舞蹈时，“卓巴”表情严肃、凝重。长长水袖的撩、甩、挥舞，舒展洒脱；笔挺身板的躬腰、辗转，顺达自然；悠颤、跨腿雄武飘逸，有板有眼；歌声时而低沉婉转，时而高亢悠扬，情感表达得厚重丰满。这是“卓巴”对神灵、佛陀供养之情的抒发，是对父母、山河的赞颂，是他们最虔诚、最真挚的告白。

男女混合舞是有看头的。舞蹈时男女各成一队，各有一名“卓本”(领舞)，相对围成两个半弧，顺时针绕场，边舞边唱。这时的男人们就会兴奋很多，紧绷的面部会透出些许的笑意，跨腿飞脚会更加威猛、遒劲，歌声也会格外动情、带劲。女人们也毫不示弱，她们含胸垂臂，舞蹈幅度虽小，舞姿却是柔美明快，歌声从容甜美。藏袍、服饰和配饰随舞步摆动，衣袂飘飘，似彩云流动，似飞花蝶舞。羞涩、内敛的性格包裹不住她们的妩媚、柔情。

“今天晚上我们自己做饭吧，菜都要烂了。”旺姆建议道，我和拉姆齐声附和。回到僧舍，她俩煮饭、择菜、洗菜，我没事干就有些难为情:“你们洗好菜，我来炒。”两人都忙着不理睬我。我就趴在客房的窗户上，探出头去欣赏傍晚灯火辉煌的寺院，青幽幽的山峦和蓝调的云，还有耳畔的鸟鸣，甚至还能听到藏曲微弱的流水声。真是让人舒服的地方啊！我在心中慨叹。

“你们怎么没去炒菜啊？！”我缩回头，旺姆和拉姆两人正坐在藏床上玩手机。

旺姆瞪着我：“老师，你可是自己说的炒菜的，我们可都等着呢！”

“我说了，你俩也没答应啊。还以为不愿意吃我炒的呢。”我嘟囔着，去厨房炒菜。

吃饭时，聊起了卓舞，我看了几天稍有领悟，拿不准的方面便向旺姆讨教。卓舞，就是舞蹈的意思，是流行于德格、江达、白玉这些地方的传统藏族舞蹈。边唱边跳，没有乐器伴奏。可以是清一色的男人，也可以是男女两队，还有只有女人跳的。一曲之中先是相聚舞、供养舞，然后是中间舞和相惜舞，结束的时候是吉祥舞。

相聚舞唱词的内容是能相聚在一起很感激，表达族人聚合的喜悦。供养舞唱词的内容是跳起卓舞敬献给父母及上师，表达感恩的情感和对神灵、佛陀的崇敬。中间舞唱词的内容是赞美山川等大自然的美好，赞颂父母、人民和土地，也可以赞美服饰和舞蹈。相惜舞唱词的内容是惺惺相惜、依依惜别的意思；比较典型的一首歌就是：你们是来自山这边的，我们是来自山那边的，今天就要分别，如果以后想要再相见，就请你祈祷我们以后常常相聚吧。吉祥舞唱词的内容是祝福大家吉祥如意，表达对幸福生活的感恩，对未来生活的憧憬，希望明年再相聚。

舞蹈是顺时针行进的，转身也是顺时针，与佛教仪轨转的方向一致。五部分舞蹈的动作是不同的，供养舞缓慢，有仪式感；相惜舞、中间舞的节奏就是明快的，舞姿也轻盈洒脱；吉祥舞动作就非常快，粗犷奔放、欢唱淋漓的那种。歌词质朴，诗情画意，是藏族传统诗歌的写法，像唐诗宋词一样，合辙押韵。

卓舞要跳得好，领舞是关键。领舞要嗓音特别好，要歌词记得牢，还要舞步优美流畅，能镇得住场子，一般领舞和队尾都是队中最好的。古色卓舞有地域特点，自成一派，受土司文化的影响，吸收了德格宫廷卓舞的养分，比如，唱词的宗教性强、内容严肃，舞姿也更庄重。而在服装、服饰、舞姿等方面又与其他地方有差异，保留了自身的特点。

那天我们的饭量都很大，两盆青菜吃得精光，只剩下了几口汤。我忙着争表现，抢着去洗碗。她俩开始洗脸，敷面膜。然后，我们下山去“偕扎唐”坝子上看锅庄。

除了舞蹈好看，两个村庄的情景剧也吸引着我，它反映出古色半农半牧的生活。一出戏是反映牧区的生活。二十余名村民牵着牦牛和马、抬着灶台和锅碗瓢勺出场，他们表演着挤奶，制作酥油，生火煮奶茶，及围坐在一起吃糌粑的全

村民盛装出演自己熟悉的生活，没有表演的痕迹

过程。另一出戏是反映农区的生活。三十余名村民牵着牦牛、扛着犁铧，抱着青稞、灶台、炒锅、石磨和农具出场，他们表演收割青稞、打场脱粒、生火炒青稞到磨成青稞面粉的全过程。两场戏的场面红火，村民盛装出演自己熟悉的生活，没有表演的痕迹，道具也都是村民从家中搬来的。完全把现实生活中劳作的场面搬上了舞台。

他们表演的内容我熟悉，他们独特的帽子让我新奇。男人戴的帽子叫“庆夏”，就是白色的锥形毡帽，只不过它的锥顶和边缘是黑色的，后帽檐向上折起一个边；女人戴的帽子叫“棍帽”，就是外面的黑布和内衬的红布中间夹着间距一寸左右呈梯形的四根木棍，不戴时像竹筒一样卷起，戴时用发带捆在头发上。这是很不错的遮阳帽，我想着。

活动最后那天，中午休息时我去西边山坡上没人处方便，途经诵经大帐，帐旁的活佛向我招手。

“你好！”身材高大，面色黝黑，戴着无框眼镜的活佛微笑着。

我走过去，双手合十回敬他：“扎西德勒!”

“你是哪里来的?”普通话相当标准。

“从北京过来。”

“那么远，你辛苦啦！几年前我在北京上学。”活佛告诉了我他上学的学校，可惜我现在忘记了。他接着又问我：

“我们这里的活动怎么样，满意吗？”

“这么大的活动组织好不容易，来的群众都十分开心，节目准备得也用心，表演时都特别认真。真的非常好，特别棒！”

活佛听着很开心，笑容灿烂。我又补充道：“有两个节目是没见过的，一个是佛学院学员背诵经文和村民背诵古老的格言；一个是书法和木刻的展示和评比。有意思，更有意义。”

随后，不停有村民来找活佛打卦，我们的话题也随之转向了藏传佛教中的一门学科：占卜。

古色的书法和木刻在藏地是有名气的，藏文中的“古智”体，就是古色的仲尼·嘎玛次巴创造的，有六种字体，其中的楷体就是木刻经文雕版用的字体。波罗乡则因古色的木刻而被美誉为“木刻之乡”。展示那天，“偕扎唐”坝子最殊荣的位置搭上了展台，铺上了红毯。匠人们手捧作品鱼贯上场。排头是一个矮个、清瘦、留着胡子的中年男人，他把经书印版放置在展台上就来找我，自我介绍叫朗加，并邀请我去他家做客。待见到旺姆，我指给她看坐在场地中的朗加，告诉旺姆，那个人邀请我们去做客。旺姆说：他很有名气，已经约好了去采访他。

旺姆每天都很忙，主持节目的空闲、没有活动的晚上都在采访“卓巴”。晚饭时，只要旺姆不在，拉姆便会打趣说：

“就剩咱俩了，旺姆又去约会啦!”我添油加醋地帮腔：“就是，去吃好吃的也不带上我们!”

第二天清早，朗加来僧舍接上我和旺姆，开上车沿着藏曲一路向南。吉荣峡谷峰峦迤逦，松杉葱郁，青稞田郁郁葱葱，河水清澈舒缓。“朗加老师的字写得好，是木刻世家，还是木刻的‘非遗’传承人；很多寺院和德格印经院80%的经板都来自古色。”路上，旺姆向我介绍着，随后，又讲起了书法和木刻在古色兴起的一则传说：

吐蕃王朝第37任赞普赤松德赞时期，也就是公元八世纪时，王朝的大译师毗若杂那来到古色，正准备离开古色时，骡子突然受到惊吓，驮着行囊狂奔而去。在骡子奔跑时，行囊中的一把竹笔被颠簸得滑落了出来。古色人拾得竹笔，如获至宝。他们悟出这必定是佛陀刻意的安排，自觉肩负了神圣使命。天意不可违，不可辜负，从此古色人有了动力，忘我地苦练书法、绘画；为弘扬佛法，发展了雕刻和印刷的技艺。从此，书法和雕版艺术在古色兴旺发达起来，闻名遐迩。

追溯到全民信奉宗教的古老年代，怀着对佛陀的敬仰，在藏族同胞心里，自身是谦卑和微不足道的，因此，将文化、艺术及各种技艺，包括神山、圣湖等自然事物，无不打上佛陀或者高僧大德的烙印。这是他们的心理需求，仿佛只有这样才能证明事物存在的必然性、重要性和正确性。

古色雕版艺术，国家级“非遗”

朗加老师家在藏曲边的冲桑村，他的木刻工厂也在村里。二层楼的厂房里空无一人，工人都去参加活动了。朗加带着我们参观他的工厂，在一间木工房里，我认识了用于刻板的桦胶树木料，它经过处理后很久都不会变形和开裂。朗加又把一箱子参加各种比赛的获奖证书给我们看，其中最具分量的是国务院公布、文化部颁发的“国家级非物质文化遗产”证书，及西藏自治区颁发的“工艺美术大师”称号的水晶奖牌。这些荣誉不仅代表对他个人嘉奖，更是对古色雕版整体水平的认可。

朗加自己的工作室在二楼，房间很大，他在这里刻板也在这里给工人授课。大桌子上陈列着各种样式的雕版，有新近完成的，还有磨损、变形和龟裂的年代久远的作品。朗加刻板的地方是房间的一角，地上小木箱里装着二十多把刀尖大小、式样不同的刻刀。旺姆采访时，我听不懂他们的藏语交流，就去空荡荡的村庄上转悠。

朗加家的房子很大，是典型的康巴民居样式。一层养牛；二层是客厅和卧室。客厅中间有一大火炉，靠墙是两溜藏床，房间长年烟熏火燎，看样子有些年头了。女主人端来酥油茶，朗加取来哈达给我们献上，虽然只有我们四个人，该有的礼节却是不能少的。

牛肉炖得很香，主食是糌粑，糌粑是用炖牛肉的汤拌的，我没吃过，怕太过油腻不敢吃。女主人极为热情，一只手握着盛满肉汤的勺子，一只手端着盛好青稞面的碗，双手递到我面前。“试一下，尝尝吧！”只要我同意了，勺子里的肉汤立刻就会倒进碗里。盛情难以拒绝，我答应了。肉汤拌的糌粑别样地美味，我连吃了两碗。

下午，投票的结果出来，朗加毫无悬念地得到了第一名。接下来是全体舞者跳吉祥舞，这预示着群众活动的尾声。我本以为场面会很精彩、很热烈，不承想场上的人太多，人们相互紧挨着，谁都抡不开长袖也迈不出腿。还好，在差不多跳到半圈时，队伍调整得有些模样，舞姿虽然受到了限制，情绪却十分高昂，每个人都是喜气洋洋愉悦的神情。

古色活动最后压轴的大“戏”是“洗礼”仪式。洗礼一词是舶来品，源自希腊文，是基督教的传统仪式。为探究藏传佛教这一仪式的藏语名称，我查询资料无果，便讨教藏族朋友，有人说是“授权”，也有人说是“灌顶”。不甚了了。这里权且叫作“洗礼”吧，在内容和形式上更觉贴切。

洗礼和灌顶的仪式相似。人们涌向活佛的近前，聆听活佛讲法和教诲；人们俯下身躯，接受活佛泼洒的甘泉雨露；人们怀抱“宗萨佛学院”堪布桑珠的头像，以示对高僧大德最诚挚的敬仰。艳阳高照，微风轻拂，树枝摇曳，人们称心如意，心满意足。洗礼是一场祝福礼，祝福天下众生：福慧双增，吉祥如意，消灾消病，世界和平。

原始的民族文化，纯粹的民俗艺术，浓厚的宗教氛围，让古色这片久远而古老的大地熠熠生辉。

II

与神的孩子相遇

阿桑姑娘

“我喜欢人家喊我阿桑!”桑洁卓玛对我说。

认识阿桑是在夏天，那一年的暑期过后，她将要升入高中。

四合吉村的神庙里，一年一度的“六月会”正在欢快的气氛中举行。神庙占地一亩多大，从村子这个行政级别来看，算是比较大的了。这些年，活动办得有滋有味，十分红火，除了本村来参加祭祀活动的村民和周边乡村来看热闹的群众，更吸引不少国内外前来采风的外乡人。

神庙内敬神、媚神及娱神的项目进行得如火如荼，小小的神庙里装满了人。我在没多大意思的“冈航”(踩高跷)一开始，就挤出庙门来吸烟，顺带休息一会。庙门外狭小的门庭下，一个调皮的小男生，正嬉皮赖脸地讨好着来庇荫凉的傲娇的女生。

女生皱着眉头，不耐其扰，轰赶着黏人的小男生：“去，快点走！”

我问小男生：“你欺负人家了？”

“我哪敢欺负她啊！”男孩无奈，怏怏地走了。

有着好看眉眼的女生，端庄秀丽，眼神清澈得像夏日里的一泓湖水。

我说：“我给你照张相吧！”

女生对着我抬起的镜头微微一笑，便转过身去眺望远方的山峦。

第二年暑期，我又来到了寺庙。庙里祭祀活动依然如火如荼。在人群中我认出了阿桑。我拿出相机拍她，这一年阿桑的身量长了一些，小姑娘长开了，更好看了。

“下次你穿戴好，我们再拍吧！”年轻美丽的姑娘都是喜欢拍照的，阿桑也不例外。

半年后的春节，我来看寺院的法会。阿桑给我送来两张藏戏门票，黄南地区的藏戏是非物质文化遗产。那天，我和阿桑敲定了拍照时间，并叮嘱她简单化化妆。

春节期间的隆务寺法会人头攒动，朝拜的人很多。阿桑如约而来，妆容是她自己化的淡妆。看着人多，阿桑有些拘谨。“怎么照？这么多人！”

“你放松，你就是大美女，大美女照相人家会不好意思围观的；你紧张，人家就会等着看你的笑话！”对着眉毛画得幽默、夸张的阿桑，我给她鼓气。

一转眼，又是一年的暑期，还是在庙里，我又见到阿桑。她即将升入高三，问她大学志愿，她说要报考武警警官学校。娇小甜美的阿桑，这个志愿很是出乎我的意料。

半年后的春节，我又来了。这次依旧敲定了拍照的时间。约定的日子即将到来时，却收到她的信息：毁容了！

原来，一天晚上她们同学聚餐时，男同学与另一桌的男生打架。她仗义，奋勇向前去帮助同学，混战中脸上被打了一拳。听她这样说，我觉着没大事，乐了。“就是想当武警，也没必要先练打架吧。”我说。便让她自拍一张照片发给我，看看伤势。

“六月会”对参加演出的女孩有一条苛刻的规定：年龄超过25岁的、结婚的、生理期的，以及一个月内家里有白事的女孩都不能参加。我没见阿桑参加过表演，又不方便询问，这次没有拍成，便怂恿她参加夏天的“六月会”活动。

高考结束，“六月会”活动开始前，阿桑告诉我：“你来吧，我决定演了！”

女孩们献给神灵的舞蹈叫“格尔”，她们清纯俊美，表演更是唯美又内敛，举手投足间呈现对神灵的谦恭。她们极

阿桑姑娘笑起来很好看

具仪式感的演出是敬神活动的高潮，神灵都喜欢观看的节目，又何况芸芸众生呢。

一把铜锣是场上唯一的乐器，它节奏舒缓。场地中央，女孩们恭恭敬敬排成数排，跟随铜锣“铛、铛、铛铛”的节奏，各排依次出发，围绕，首尾相接成一圈，女孩们便踏着节奏开始一圈圈环绕。她们颔首低眉，向前迈出一小步，再原地微微踮三下；当领头女孩走到东南西北四个方向时，铜锣会发出提示，转成一圈的队伍缓慢转身，依着序面向四方，同时做出微微踮三下的动作，以示祭拜四方的神灵。

连续三天的“六月会”活动结束后，阿桑说，太遭罪了，衣服又厚又重，珊瑚珠子也很重，系在头发上头天天疼，现在头皮都是麻木的。

待大学录取通知书发来，阿桑并没有因为勇敢好战、不惧生死而被警官学校录取，而是让省会西宁的一所学校的艺术专业给招了进去。

之后一年的元旦，阿桑问我春节还来不来，说亲戚家三岁的男孩要办剃头礼。这是黄南四合吉人的习俗，男孩到了三岁，家人要在春节期间为其办一场隆重热闹的剃头礼。这是他一生中的第一项大事，不仅孩子的家庭重视，整个家族都会参与其中，亲朋好友更会举家前往祝贺。

最后，阿桑很兴奋地说:“我现在会化妆了，会画眉毛了！”

其实，阿桑那极具地域审美情趣和稚嫩的化妆技术，我从来没取笑过。对于一个中学生来讲，谁的青春不是青涩的呢！那两道喜感的眉毛，就是她最真实的青春岁月的印记。

我期待那个三岁孩童的剃头仪式，更期待给会化妆的阿桑拍照，这也宛若阿桑的成人礼。

阿比追婚记

阿比，我在丹巴县城认识的一个嘉绒藏族朋友，四十来岁，热情、善谈。听说我要去土司庄园，就要陪着我一起去。

阿比的家就在土司官寨那个村子里。

土司庄园被村子里的房屋众星捧月般环抱着。当年，嘉绒十八土司富甲一方，雄霸藏东，拥有着主宰人间万物至高无上的权力。土司王国覆灭后，这座庞大的土司庄园也随之败落倒塌。

嘉绒藏族一般被认为是藏族的一支，在我心里一直很神秘。他们讲藏语嘉绒方言，服装和饰品也都有自己的样式，虽说都是信奉藏传佛教，但是在具体内容和形式上似乎更近于藏族的原始宗教——本教。

嘉绒藏族地处青藏高原与内地平原的过渡地带，千百年来，多种族、多民族在这里冲突与融合，形成了独特的宗教信仰和文化现象。

而这，正是吸引我的地方。

高原上，雨后天气清爽，阳光透过薄薄的云层漫射下来，柔和而滑润。藏寨很安静，路遇村民会彼此微笑着挥挥手，偶尔也会见到闲庭信步的黄牛和匆忙窜过的藏香猪。

土司庄园的主楼傍山而建，如今，仅剩下靠山呈“品”字形的西侧一面，破败不堪地矗立着；北侧的四层厢房虽已破烂却没倒塌，木楼梯通达三层，顺着一根斜靠墙放置的独木梯子，可以爬上四层。院门处低矮的小门房还在，不知何时起村民布置成了经房。我在里面参观时，阿比便坐在门廊的木椅上吸烟等我。

我坐到阿比身边。扭头看向院里在风雨飘摇中垮塌了的土司庄园，从残留下来的这些遗存判断，当初的规模可观，气势恢宏。阿比完全不迎合我的唏嘘，根本不理睬我的问话，他全部的心思都在门口那台心仪已久刚买回来的轿车身上。他夸赞着轿车强劲的动力，又对其良好的操作性能赞不绝口。善聊的阿比话匣子一打开，便如峡谷中滔滔奔涌的大金川河水，一发不可收。

听着听着，猛然间，那个萦绕我心头多年的疑问突然涌出，我禁不住打断了阿比的话：

“听说我们这里，县与县、乡与乡甚至村与村之间的风俗习惯都有所不同。特别是咱们这个乡谈恋爱都和附近其他乡不一样，是吗？”

我注意到阿比听我说话时的表情一直在飞快地变化着，眼球发亮，脸颊出现了红晕，嘴角的笑容也由微笑迅速地转成大笑。

阿比亢奋了，他的笑一时半会是收不回去的。我趁热打铁：

“有人问过你吗？你老婆是怎么娶到的？”

嘉绒藏族的婚姻习俗让我感兴趣。

阿比咧着嘴，笑着说：

“你怎么知道这样多？对这边很熟悉啊！”

我说：“来的次数多了，会听到一些传闻，也问过几个朋友，他们都没告诉我，他们是不知道还是不想说呢？”

阿比显得很自豪的样子，说：

“你问的那些人都比我小十几岁，他们就是知道也是听说，都没经历过，怎么告诉你啊！”

听他话里有话，我赶紧问：

“难道你经历了，你的老婆就是那样追到的吗？给我讲讲你的故事？”

阿比迟疑着，静思片刻，深深地吸了一口烟，说：

“我当然经历了，怎么样对你说呢？从哪里说起呢？”

我喜出望外，递上一支烟，带动他：

“先简单点，说说你们是怎么认识的吧！”

阿比这时完全恢复了常态，开口叙述起来：

“我们是在过年时跳锅庄认识的，跳锅庄是乡里的活动，乡上几个村子的人都要去。那天，她也来了！

“我们相互之间也不是不认识，见面都眼熟，谁是哪个村的都知道，只是不知道名字，也没说过话！

“我们小时候男孩和女孩都不在一起玩，家里条件好的都送孩子去县上读书，我就是在县里上的初中。上学的时候参加这样的活动就少，就算参加也是被大人赶上去跳几下，男孩子都会跑出去玩或者躲起来抽烟。大一点的男孩会躲在一边偷看女孩子！

“有一次乡里跳锅庄，就喜欢上她了，其实，也不是那天才喜欢的，以前就见过她，那时也不敢找她说话啊。

“我去问了她们村里的人，才知道她名字！

“我们这里不用说媒，都是自己去家里找她！

“谁敢让她家人看见啊，不打断你腿啊？只能偷偷去找她！

“我们先去她们村找朋友，问好她家地址，再偷偷去看女孩住在哪个房间。

“肯定不是我一个人去啊，好几个呢！

“知道女孩住的地方，我们就回家了。白天谁敢去啊！”

我乐了，连说着有意思，接着问：

“你们好几个人一起去，是你们分别喜欢几个女孩，还是都喜欢她一个人啊？”

阿比显得有些尴尬，不过话匣子打开了，他也憋不住，就接着说：

“有两个跟我一样喜欢她，还有两个喜欢别人！”

“真好，你们也不干架啊！”我很羡慕。

“我们干架干吗？想喜欢就喜欢呗！”他回答得很干脆。

“快说，后来呢？”我催促着。

“回家写纸条，第三天跳锅庄结束了，到了晚上我们就一起去了！”

心仪的女孩家和他家同在一个乡上，但在山那一边的村寨里，去她家，要蹚过一条小溪，翻过一座山。

他们吃完晚饭，五个人就相约去女孩家，到了村口天已经黑了。他们坐在村口的田埂上等着村里熄灯，直到村子里没有动静，才各自分开去喜欢的女孩家。

三人到了女孩家院外，先听着院子里的动静，确认院子里没人，才轻轻推开院门。在院子里听着房屋里的动静，确保屋里没人说话，待女孩的房间灯关上，三个人开始行动了。

这个村寨，每家都是独立的门院，每户之间都有一定的距离。房子都是大条石垒砌的二层以上石头房，一层是厨房、饭厅、客厅、杂物间等，不住人；二层是卧室，有平台；最顶层一般都是香堂。

三个人蹑手蹑脚来到女孩房间下面，按照事先商量好的先后顺序，排在后面的两个人帮助前面的人爬上女孩窗下的木堆。不够高，又在院子里找来两把椅子垫上。小伙子抓着窗棂，轻轻敲打窗户，一小会，女孩推开了窗户。

阿比说，这时，女孩要是认识小伙子，就能聊上一会，具体聊什么那就要凭本事啦；如果不熟，小伙子就会把准备好的纸条递进去，纸条上一般是写上姓名、年龄和村庄一些基本情况，然后再聊上几句让女孩记住这张脸；女孩如果不收纸条，基本上也就没有希望了。

见过面、递上纸条，女孩关上窗户，下一个再爬上去。

好的女孩子，晚上会有很多小伙子来，晚到的，都会自觉排队等候。

在这个村寨里，如果还有其他喜欢的女孩，也就不排队，去其他女孩家了。

晚上见面结束，几个人还会结伴一起回去，一路上交流着心得，他们还会约定时间再去。

阿比说，纸条递上去，才是刚刚开始。他那天爬上去，女孩子对他就表现出了好感，这激励着他。

他们几个第三天又去了，阿比是第二个上去的，说了一些女孩美貌如花似玉之类的话，又充满感情地表述了自己的一往情深。当他想进一步介绍自己时，女孩说困了要睡觉了，阿比无奈地下来了。

第一个和第三个聊的时间都没有阿比长，这让他很开心。

回家的路上，三个人虽然还是在说说笑笑，但阿比能感觉出来两个小伙伴的沮丧。

第三次去，阿比只约到了一个小伙伴，一个要去别的村寨了。

这次，阿比大度地让小伙伴先上去，自己在下面等着。

这一次，阿比特别开心，不仅说完了上次准备好要说而没说完的话，还趁着女孩不防备摸了两下女孩子的手。

第四次再去，另一个也不去了，阿比只好去约其他的小伙伴。

那天，阿比独自进了院子，还没等他走到女孩窗下的木堆时，就发现木堆上有一张木凳，他知道已经有人来过了，而且这个人还爬进了女孩的闺房。

阿比退了出来，在院外找了个地方坐下等待着。

夜晚很凉，阿比焦灼地等着，忍不住想象着闺房中的情景，他有些醋意，但是他又觉得自己很有把握，他相信女孩更喜欢自己，这样想着，又充满了斗志。

不知道过了多久，在阿比的幻想中，他已经和女孩过完了一生。想到高兴处，阿比忍不住笑出了声。这时，和他一起来的两个小伙伴过来找他了。阿比也只得闷闷地回家。

阿比没有气馁，第五次去，阿比就爬进了女孩的闺房。

阿比说，进了闺房后，刚开始很紧张，规规矩矩小心翼翼的。

能进闺房，就要带着小礼物给女孩献上，表达爱慕和倾心。有了感情后，就会天天去了，而且待的时间也越来越长。不过，天亮前要跑掉，跑晚了，让女孩的父亲或者哥哥们看见小伙子在闺房里，或者在爬出来时遇见，就要挨打了。

阿比说，这样追女孩很辛苦，有时也有风险。有些人家窗户下面没有能踩着爬上去的东西，就要扛梯子去。也有人掉下来摔断腿的。

能被女孩接纳，小伙子就可以央求父母来女孩家提亲了。

“那现在还是这种风俗吗？”我问阿比。

“没有了，20多年前就没有了。”阿比吐出一口烟，陷入了沉思。

听完阿比的故事，一时间颇为怅惘，甚至有点失望。

也许是因为这样的爱情，更简单、更直接、更纯粹、更公平、更加百折不挠。

在现代社会中，在两性的“战争”中，我们已经更习惯了彼此的算计、权衡、纠缠、猜测、计较，反而忘记了爱情最初的模样。

活佛达玛甲和他的寺院

达玛甲是壤塘曾克寺的活佛。曾克寺属藏传佛教噶举派，因其僧袍中有一条白色条纹，噶举派被俗称为“白教”。

曾克寺依山傍河而建，杜柯河在其前滔滔流过。藏传佛教寺院的建筑风格一般都比较统一：高大雄伟的大殿，相对矮小的偏殿，遍布四周的僧人住房。如果想一眼判断出寺院的派别，外观上最显著的标志是大殿墙面涂装的颜色，比如：萨迦派是红白黑三色墙面、格鲁派是白色墙面、宁玛派等教派一般是红色墙面；如果需要确切区分信奉的教派，只能进入寺院的护法殿观看供奉的护法。曾克寺却与传统上藏传佛教寺院迥然不同，除了红色的墙面排除它是萨迦派和格鲁派以外，便是寺院独特的建筑：三座石板垒砌，高32米的四方形九层碉塔主殿；方方正正的一栋大经房，环抱主殿的僧人住房，以及寺院内外1108座大小不一、式样各异的佛塔，一同组成了寺院的建筑群。

我们前来拜谒曾克寺那会，寺院正在大兴土木，整个寺院都是施工现场，遍地堆放着沙土、石材和木料等建筑材料。三座碉塔也因施工关闭了，禁止入内参观。正当我们为此沮丧时，极幸运偶遇来现场检查施工进度、满身满脸尘土、稚气未消的青年活佛达玛甲。活佛不仅同意我们参观，还亲自带着我们走进那座最大的碉塔。

碉塔一层，高大的殿堂有20多平方米，装修施工已初步完成。地面没有摆放东西显得空旷敞亮，四面墙壁向上逐渐收缩，墙面木格佛龛里供奉的佛像已安排就位。楼上正在施工，传下来“咣咣咣”的锤击声。活佛先行走进楼梯间，回头礼貌地邀请我们跟进。

“佛像太多了，没处放，油漆还没刷只能先摆上。”

我们紧随着活佛，活佛继续说：“维修和新建的工程量很大，已经施工了一年多，全部完工还需要一两年的时间。”

跟在活佛身后，我们一层一层向上爬着塔。每到一层，我都会探头看一眼，除了一层没堆放物品，每层几乎都是满当当的建筑材料和佛像、鼓、经幢、面具等宝贝，没有落脚之处。在干活的工匠们见到活佛上来，便纷纷放下手里的活计走开，即使这样也容纳不下我们几个人。这让我把注意力全部放在了楼梯间里。从一层起楼梯盘旋直到九层顶，四壁布满彩绘藏文箴言和唐卡壁画，画面陈旧破损、褪色剥落，几乎没有完整的，然而，透过残留的部分，依然看得出壁画绘制的精细，人物传神栩栩如生，色彩浓郁鲜亮。

活佛见我看得认真，便说："墙面都要重新粉刷，壁画也要重新绘制。"又指着地面上那些与建筑材料一起堆放的各式法器和精美的神佛造像，说道："每一层的墙壁都会像第一层一样，要做供案，这些佛像要供奉起来。"

上到相对宽敞的第九层，我喘着粗气。活佛则来到窗前，平静地望着窗外这片寺院，若有所思。

"这样大的工程，会需要很多钱，都是您化缘来的吗？"我试探着问。

"政府给了一些，大部分是捐献的。"活佛静静地回答我。

"感觉寺院荒废了很久。"我说。

活佛看着我，略一停顿，说道："这个寺院是爷爷在1954年创建的，他是活佛，建寺院前他去了很多寺院，画了这些碉楼和各样的塔。后来寺院荒废了，他也去世了，我只是完成他的心愿。"

活佛微笑着转手捧起一尊佛像，说："它们是爷爷建寺院时的佛像，近60年了。寺院损坏后，佛像被村民收藏了起来，没有损坏。现在寺院重建，佛像又都回来了。"他再次提起了爷爷，眼睛里燃起坚毅的光芒。

我凑上去，端详着活佛两只大掌心里的佛像，接着问："寺院里这些佛像都是噶举派的吗?"

"不全是！爷爷造诣很高，我们这里的人都敬仰他，这些也是爷爷画回来后雕刻的，也有一些是爷爷带回来的，都是各派佛像的精品。"活佛语气平和，沉默片刻后，接着说："都建好了你再来吧，那时很多佛像都会供出来。"

我认真倾听着活佛的话，答应他，过些年再来拜访他。又说："我参观过一些噶举派的寺院，好像藏传佛教对于寺院的建筑式样没有特别的要求，还见过汉藏结合的建筑。就如同噶举派始祖米拉日巴尊者的画像一样，都是比较随性的。"

"我也去过一些寺院，现在主要忙着修建，去的也不多。我们建寺院要结合地域特点，还要考虑经费的情况。"活佛语气淡然。

我接着问："像我们这里的寺院建成碉楼形式，在藏地还没有见到过，这个是不是受到嘉绒碉楼的影响而有了地域特点呢？再有，碉楼一般是躲避敌人用的，听说以前这边土匪很多。"

活佛笑了，他说："爷爷在建塔前，曾经从这里磕长头去了拉萨。"随后，他欲言又止，顿了顿，接着说："应该有保护寺院财物的意思。"

离开碉楼，活佛领着我在寺院里四处转着，我们闲聊起来。活佛只有24岁，肩负的重任让他过早地成熟起来。走到一处红墙下的一溜小塔旁，活佛停下脚步，皱起眉头。眼前破损褪色的红墙，杂草丛中风霜雨雪长久侵蚀的佛塔，让活佛心事沉重。“你看，工作量很大，全部都要弄好。”

我们坐在木料上，活佛双手十指交叉，下意识地揉搓着。我想了想，对他说：

“看得出来，您和爷爷的感情很深。在塔上时您有话想说却没说，讲讲爷爷和寺院的故事吧。”

活佛锁紧的眉头慢慢地舒展开来，淡然一笑，文静得像是个羞涩的女孩。然而，在他随后讲起爷爷来时，语气虽依然平和，言语之间流露出的却是满满的敬仰和崇拜：

“爷爷幼年出家时，被第三世多智钦久美丹白尼玛活佛看中，为他灌顶赐名‘晋美俄萨’——‘无畏光亮’的意思。对于爷爷来说，这是无上的殊荣。爷爷曾经跟随很多高僧大德研习、修行佛法。1951年，爷爷磕长头到拉萨朝圣，又徒步去了山南洛扎。噶举派祖师米拉日巴大师，1077年在洛扎修行的寺院，建了第一座九层高的米拉塔，爷爷当时就用牛毛线测量了米拉塔的尺寸，立誓要在家乡建塔。爷爷回来后开始筹划建塔，地址就是这里，杜柯河支那桥边。1954年，建

达玛甲和他的寺院

成了与洛扎九层米拉塔一样的杜柯米拉塔和大经堂。曾克寺从那时起立寺，爷爷的心愿了结啦。后来，爷爷又陆续建了四座，现在你只能看到三座了，倒塌的两座我会重建的。”

我无限感慨，却不知道如何说起，便说：“爷爷伟大，以前只知道米拉日巴尊者是苦修士，他吃了很多苦。没想到，爷爷的苦也吃了这么多。”

活佛笑起来，他的笑容浅淡，笑意羞涩。

眼前的活佛，举手投足有修养有气度，年轻俊秀的面孔透着高贵与书卷气息，而今皈依佛门，日日陪伴青灯古佛。他们对佛教的信仰和对信仰的执着，非外人所能妄加揣测。

在这处百废待兴的寺院前，我希望，活佛如愿以偿，寺院神佛归位，重燃香火。衷心地祝福这里的人们：扎西德勒！

我愿意，为你去放牛

寺院大殿高耸的红墙下，脸颊上挂着“高原红”，有着一双清澈大眼睛的女子吸引了我。她在转寺。

我不想打扰到她，退到寺院拐角一处石墩旁坐下来，等她转一圈回来。她从寺院远端的转角处转来，鲜红的羽绒马甲、粉色的大腰带醒目如火；左手一串深棕色的佛珠，随着她坚定有力的脚步和高扬的臂膀，忽而向前、忽而向后甩动。拉近的镜头里，呈现出她甜美、清纯、精致的容颜；灰色毛绒围巾包裹住她微低垂下的头。她目不斜视，心无旁骛，神情虔诚而凝重，安静的外表下渗透着一股只有在心如止水的状态下才不经意间外露出的坚毅。

十月，秋高气爽的午后，转寺的藏族同胞很多。每转完一圈都会有新加入的，也有离去的。他们每次来寺院要转多少圈，心里都有数，手中的佛珠就是计数工具。他们日复一日，年复一年，一圈一圈转着，他们相信，这样能消减霉运、带来好运，还会积累起这一世的福报资粮，为来世托生带来好的结果。

女子一圈圈地转，我用镜头追随她。不知时间过去了多久，她笑容灿烂地向我走来。她来到我身前，灿烂的笑容换作腼腆的神情，指着我脖子上挂着的相机，弱弱地问：

"知道你一直在拍我，给我看看照片吧！"

我礼貌地报以微笑，取下相机递给她。

"你一直往别人身后躲，没拍到几张，你看吧。"

她把佛珠绕在腕上，端着相机一张又一张认真地翻看着，脸上时时洋溢出羞羞的笑意。她的笑容很甜，就连脸颊上的高原红也都跟着甜得粉亮。

"拍得好漂亮，比我本人还漂亮！你照相有什么用呢？"

"我拍得不好，你比照片更漂亮！"看她不停地翻看着照片不肯停手，我便开着玩笑接着说，"我要把你的照片挂在墙上，让人家天天看你！"话音落地，我们竟是一同笑了起来。

女子名叫桑珠，从家走到寺院要两三个小时，她和妈妈隔三岔五会来寺院转寺、磕头，给酥油灯添油。

看着她被高原强烈紫外线晒红的脸颊，我禁不住问她："你家里养羊吗？你天天要放羊？！"

她看着我，有点惊讶，回我：

“以前放羊，现在羊都卖了，家里只有牦牛！你怎么知道我放羊？”

“看你的脸啊，红的。放羊，就要一直跟着羊群走，天天都是风吹日晒。放牛就不用管啊！”

她憨憨地笑着，默认了。我接着问她：

“天黑前要回家赶牛吗？”

她还回我的相机，双手摆弄起佛珠。

“在牧场里呢，不用赶。牧场在山里面，我家的牧场。”

看她没有走的意思，我坏笑起来，看着她，问：

“我去给你放牛，好吗？！”

“哈哈哈！”她一阵大笑，露出雪白的牙齿，然后，盯着我，一字一句认真地反问：

“好啊，你真的愿意？！”

我学着她的样子，装作认真，连声说：

“愿意！我愿意！！”

“哈哈哈，好啊！”桑珠笑得合不拢嘴，“不过，现在已经有几个人给我放牛呢，你还愿意吗？”

“我愿意！我愿意！！”我坚定地回答她。

她装出一脸的严肃样，追问：

“我的牛可在高高的山顶，那几个人两年都没有下来呢。

现在也不知道他们怎么样了，还剩几个人。”她盯紧着我，又追问道：“你还愿意吗？！”

“我不愿意了！”

我们都笑了。

藏民族的幽默，往往是含蓄、内敛、低调又寓意深刻，他们对美好事物的追求，同样也是直接、坦荡、大胆又丝毫不加掩饰。

我们这颗星球的屋脊之上，在这块平均海拔最高、广袤的青藏高原上，有幸遇见桑珠这样明媚、开朗的女子，确实是一件美好的值得开心的事。

大渡河畔天神的画师

那年冬天，我去丹巴的甲居藏寨拍摄婚礼，在格玛家住了三天。极具嘉绒藏族风情和浓郁民族特点的婚礼结束后，格玛对我说："康大哥，介绍你认识一个画唐卡的吧，画得特别好！他住在泸定。"

离开格玛家，我坐上丹巴开往泸定的长途汽车。那时的路很烂，乘客也少，运营在县城之间的长途车大都很老旧，车走起来叮咚响，门窗也四处漏风。我们吃着前车卷起的尘土，也喂给后车上的人更多的烟尘。乘客们闭着眼睛昏昏睡去，我瞪大眼睛打望窗外，大巴车居高临下，正好领略大河的模样。

大小金川、牦牛河和革什扎河，四条河流在丹巴县城先后汇流，有了新的名字，叫大渡河。大渡河发端于青藏高原东缘，横断山脉东端的大雪山和邛崃山脉的崇山峻岭之间，是两大山脉的界河，它向南与岷江在乐山汇合后又一同在宜宾进入长江，是长江流域内最重要的一条支流。

崇山峻岭中的河流都有着鲜明的个性，哪怕只是一条溪水，也是澎湃地撞击着水中的礁石，发出滔天的声响。那时，大渡河上还没有建起阶梯电站，水量巨大又未被束缚的河水在山谷间穿梭腾跃，急喘咆哮。奔涌的大渡河与我一路依伴奔向泸定，大巴车时而爬升至悬崖峭壁，俯视下的大河成了一条蜿蜒的蓝色长蛇，我恐高，这时心悸和恐惧便会油然而生；大巴车时而又会下降至接近水面，河水冲击着脆弱的路基，狂猛地撞击着礁石，在暗礁和河道狭窄处掀起大浪，发出恐怖的怒吼；路面时常还会出现散落的石块，给人带来危险无处不在、无时不在的领悟，我体会到自然力摧枯拉朽的能量和生命的脆弱不堪。

如今，大渡河河水被一条条拦河大坝紧锁起来，成为一处处平湖，反而让我怀念起大渡河曾经带给我的紧张、恐惧的情感体验来，而不是现在这副平淡的腔调。我留恋大渡河曾经的样子，更愿意它是具有一条大河性格和大河魂的河流——激情，狂野，坚韧，自由，舍我其谁的霸气。

车到泸定客运站，我一眼就看见了大巴车旁，紧盯着车门的土登格拉。一袭绛红色僧袍，面目清隽，身材高挑，颈挂念珠，他早早就候在那里等我了。

格拉工作室在大渡河畔一座灰色楼盘的小区里，一套三室一厅的单元房。进门是一架百宝格式样的玄关，玄关上层层码放着各种颜色好看的石头，玻璃器皿中盛放着各色粉末。门厅很大，没有一件家具。二十来个青年人盘腿坐在厅里和阳台上，每人面前一具画架，他们在这里安静地作画。两间大的卧室是学生们的寝室和库房。格拉独享的房间很小，墙上挂满他搜集来的老唐卡；半人高的书架上，有用红色和黄色绸布包裹的经书，有老旧的、出版年代久远的唐卡绘本、唐卡画稿等书籍；佛台上，几尊年代久远的佛像披挂着哈达，香炉里焚着好闻的藏香；窗下一架大画具，上面是一幅正在起稿的唐卡；佛龛前的方形毛毯上，一半放置着矮台案，一半是他的床榻。这里，就是他的经房、画室、书房，也是卧室。

那一刻，我没再去理会格拉，我被专心绘画的年轻画师们吸引着，流连驻足于画板之间。我钟情于矿物颜料的质感，及泛着石质光芒的色彩；钟情于笔触的流畅精巧和画中人物的沉稳鲜活。我佩服年轻画师们功力的老到深厚和技艺的神妙。那支牙签头粗细的画笔，在他们手中似解牛庖丁的刀，游刃有余，近乎到了“以神遇而不以目视，官知止而神欲行”的境界。

我禁不住问格拉："这么多密密麻麻的细线条，粗细均匀、绵柔，弧线优美、对称，他们怎么画得这样好？是如何做到的？！"

格拉手指阳台上正在作画的瘦高个子的小伙子说："他叫龙多，从小就跟着我学，20多年了。"又指着身旁几个小伙子，"这些跟我也都快20年了。没什么窍门，就是静心，多画。"

画架上每幅唐卡的进度都不同，我得以清晰地欣赏到唐卡绘画的整个流程：起稿、涂底、晕染、勾线。我也在这一刻明了，成为"天神的画家"和"神的创造者"，一个优秀的唐卡艺术家，应该具备的品质：淡泊、平和、宁静、虔诚、奉献。

格拉也许是感觉到我痴迷之外流露出的贪婪，多次催促我离开和他去吃午饭。饭后，我们先是在泸定桥上散步，随后又返回宾馆喝茶，听格拉聊唐卡，讲经历。晚饭后，我们去河边漫步，直到他和学生们睡前念经的时间快到了，我们才分手。

那天，我问到他今后的想法。已出家的格拉脸上竟然闪过一丝慈父样的神情，他说："你今天看到了，二十几个学生，还有三十几个更小的孩子在这里。他们的家都很穷，来我这里，我不收钱。我教他们画画和学习，培养他们，管教他们，养活他们！"

格拉出生在四川甘孜州八美中谷村一户普通农家。七八岁之际，他开始跟随父母学习诵经、法事。因为兴趣，他还自学起绘画。后来，他被送进吉朗寺皈依了佛门，在堪布米居座下学习藏文楷书、行书、草书等。在这里，他开始学习画唐卡，经过多年的系统学习，格拉的画工渐渐得到了老师及同窗的赞赏。1993年，他开始从事石料彩绘和金唐卡的绘画制作，并得到了多位著名唐卡画师的指导。凭借自身的悟性和绘画天资，格拉博采众长，技艺大幅精进，如今已经是蜚声国际的唐卡艺术大师。

“唐卡”系藏文音译，指用彩缎装裱后悬挂供奉的宗教卷轴画，是藏族文化中一种独具特色的绘画艺术形式，其题材内容涉及藏族的历史、政治、文化和社会生活等诸多领域，堪称藏民族的百科全书。唐卡的绘制过程工序繁多，一幅唐卡往往需要几个月，甚至几年的时间才能完成。画艺高超的格拉多次被邀请参与寺院壁画的创作。他曾经带领27名画家，在四川康定县的塔公寺和巴塘县的江卡寺绘制壁画，其壁画作品栩栩如生、精美绝伦，得到了两寺大德和当地人的高度赞誉。不少寺院都邀请格拉前去作画，但格拉更专注的还是唐卡。

格拉在唐卡的线条绘制上手法精湛，他可以用针尖似的笔绘出发丝一样流畅舒缓的线条，细致而不纤弱。他对唐卡

土登格拉

格拉可以用针尖似的笔绘出发丝一样流畅舒缓的线条，细致而不纤弱

中矿物颜料的使用拿捏得十分到位。其绘制的唐卡作品设色精丽，构思奇巧，搭配过渡协调别致，沉稳雅致中升华出灵动的色彩。在创作唐卡时，格拉还在继承传统的基础上，融进了自己对绘画和佛教的理解，可谓兼容并蓄，意境辽远。在实践石彩唐卡、赤唐卡、黑唐卡、银唐卡、金唐卡、金粉字等创作的同时，格拉对藏族石彩画甚至国内外多种石彩画也进行了研究和实践。在20多年的创作生涯里，格拉绘制了近千幅金唐卡作品，享誉海内外。

一代代的唐卡工艺师将唐卡这一独特的艺术继承下来并发展，现代更是达到了一个新的高度。为了使唐卡这一民族艺术瑰宝得以发扬光大，格拉先后收徒20余名。同时，他还选派僧人，为僧人提供住宿和年薪，请他们对17名学童教授藏文拼读和念诵等基础课程，以此开始培养后续僧侣及接班人的工作。除此之外，他还出资为吉朗寺新建了25间僧侣房，启动了斋戒阁的项目建设，并落实了内外设施设备的配套资金。坚定地修行，真诚地创作，格拉为家乡的这片土地默默地奉献着。

欣赏格拉创作的唐卡，是观画，亦如参禅。在格拉看来，画唐卡不仅仅是创作作品，更是一种修行。在格拉的唐卡世界里，看不到个性的展示与张扬。在笔画的起落间，看到的是平实，是恬淡，是深邃而自由的灵魂独白，是对生活的最高礼赞。那天我们约定，他画好这一批唐卡，我就过来拍唐卡的照片。

几个月后，我来泸定拍唐卡。之后，我在《人民画报》2012年第10期发表了《格拉：画唐卡是一种修行》一文。我告诉格拉，是他的善良和执着打动了我。

格拉时常和我说起小时候被父亲训斥的场景。说时，他会双手比画着，学儿时父亲教训的模样。他说："父亲教我识字读书，父亲一走，我就会把书丢到一边，拿起树棍在地上画画。父亲有时突然回来，发现我乱画不读书，就会教训我。"我问他："你画的是什么？"他说："画佛，画龙，画山川！"我又问："父亲打你吗？"他沉思了一下，"嗯，要打！"又停顿了一下补充道："是轻轻的，很轻的那种嘛！"他一边说，一边用双手比画着。看他比画的那架势，我感觉每一顿打都轻不了。

源自血脉的热爱，让他遍访名师，潜心学艺。20岁前，他卖出了人生的第一幅唐卡作品；也是不到20岁，为了专心唐卡绘画，他皈依佛门；20岁后，已经有寺院请他画壁画。他把全部的精力、全部的情趣都贡献给了唐卡绘画艺术。

我曾经玩笑于他："你这样帅，一定有很多女孩子喜欢你吧！"

"那怎么可能，不行的。"狡猾的格拉不回答我。

我说他："你的前世一定是个画唐卡的，前世未了的心愿，你必定是要用这一世来还的！"

格拉本应该是一个有着远大前程的画师。早年，他被香港某国际大财团挖去香港发展。两年后，格拉实在是眷恋生长的故土，更放不下家乡那些贫困又得不到教育的孩子，决然离开香港，回到家乡。在友人的帮助下，选择了地处青藏高原边缘、距离家乡木雅藏族八美很近的泸定，作为创作和教学基地。这样，即使他回到了家乡的怀抱，也便于他的创作和对外的沟通交流。

多年交往，我逐步了解了格拉，他对唐卡艺术不懈的追求，对唐卡作品品质的苛求，让我敬佩。一幅好的唐卡作品，不仅需要画师精湛的技艺，还要画师对藏传佛教深刻的感悟。而好用的画笔、优质的画布和品质纯正的矿石颜料都是不可或缺、必须具备的条件。格拉的唐卡被业内人士认可，被广大收藏家收藏，是源于画作的精致，矿物颜料的精良。更为重要的，是他融会了唐卡绘画三大画派的精髓，逐步形成了自己独特的风格。

一次，格拉携唐卡作品《五路财神》参加香港艺术品拍卖会。格拉很开心，打电话约我在拍卖会结束后，在他由香港飞回成都时和他一起去泸定。成都，租来的越野车上，装满了格拉购置的一箱箱矿石颜料和一卷卷画布，他执意要和他买来的宝贝们挤在后排。守着他的宝贝。格拉非常健谈，这些他用了几十年再熟悉不过的东西，讲起来如数家珍，滔滔不绝。

“顶级的纯棉画布最好，织得均匀、平滑，没有接头、跳线那些不好的地方。”

“打底用的白垩土和汉白玉粉是我们山里的，这个很难找、非常难找！”

“矿石颜料我都用顶级的。蓝色的青金石、蓝铜矿；白色的方解石、老贝壳；红色的红珊瑚、朱砂；绿色的孔雀石、绿松石；黄色的雌黄、雄黄。还有黑色的黑宝石，金色的金粉和橘黄色的藏红花。这些都是晕染上色用的。勾线用的，一般是三种颜色：花青、胭脂、自制的松烟和油烟。”

藏族同胞对于石头的崇拜和喜爱近乎痴迷。他们认为“土精为石”，在万物都生生灭灭的世上，唯有石头是永恒不灭的。我曾不解地问过格拉，同样的石头颜料，为什么都买最好的、最贵的。他告诉我，他希望他的每一幅作品，都能流传在世上一百年、一千年，这是他的心愿！

格拉画唐卡，唐卡便不再是平面的绘画，每一幅都是立体的雕塑。它们有性格，有画魂，也有给人加持的功力。我知道，格拉唐卡上的每一笔，都饱含着格拉对佛法深情的感悟和虔诚的情怀；唐卡上的每一尊佛像，都是在格拉礼拜下、加持下，在咏诵了千万遍的经文中完成的；而每一幅唐卡，都是藏传佛教教义下一座行走的寺院，都承载着藏传佛教的永世传承，蕴含着深刻的文化感悟。

一首《七律·长征》，二十二勇士飞夺泸定桥的英勇无畏，让我在很小的时候就懂得信仰的力量；一曲《歌唱二郎山》，二郎山脚下的泸定乃至整个西藏通往外面世界的道路建设的不易，让我知道只有舍得牺牲才是抵达光明彼岸的通途。如今，在泸定，我认识了有着高山大河般坚忍顽强性格的格拉，也更多地感悟到藏传佛教艺术中的瑰宝——唐卡绘画深层次的底蕴和内涵。

我问格拉他现在最想做的事是什么，他说最想和我去一趟阿里。我每一次青藏高原旅程结束的最后一顿饭，都是素食的格拉在泸定款待我的火锅。而每到这时，都会加深他对阿里的向往。凡是相聚，他都会提起阿里。去阿里，他说了很多次，说了很多年。我希望，有一天他真的可以出发。

雅鲁江畔映山红

朗县，隶属林芝，雅鲁藏布江河谷中的县城，山环水抱，雪山与丛林相映，景色宜人。江水由西往东流时，在这里画过一道漂亮的弧线后，向北奔涌而去。

旺珍普尼的家在县城的半山腰，小区的楼房是清一色的灰墙平顶，与内地的住房类似，想必也是内地援建的。房间三室一厅，中规中矩。主人按照藏族的传统习俗，布置得很精心。妈妈如我遇见的所有藏族主妇一样，热情好客，在给我端上一碗酥油茶后，又把茶几上的各种吃食往我面前推，还不停地让我一定要尝尝味道。爸爸友好更健谈，我一进家门便拉我坐在他身边，几句客套话后，就介绍起县上的情况，最后又说到了女儿。

“她姐姐爱学习，不用操心。”爸爸说着，目光投向旺珍普尼，接着说道：

“这个孩子喜欢跳舞，从小就学，很用功，能吃苦。跳舞把脚都跳变形了也不停，疼得天天直哭。那时她还任性，我和她妈妈怎么说都不听，就是要跳。”

“女儿现在很好啊，歌唱得好听，天生一副好嗓子。台风也好，很自信，有气场。”我由衷地夸赞着。

爸爸很开心，也没忘了夸奖女儿：“她现在懂事了，这次演出她是代表县上去的。”

我接着爸爸的话，继续说道：“她唱歌有情感，高音好高，控制得也好。只可惜没欣赏过她跳舞。”

我们聊了一会，爸爸要去上班，旺珍普尼便带我们去乡下的家中取她的藏服。路上，她自豪地介绍说：“老家的房子是我爸亲自设计的。爸爸为盖新房子跑了很多地方，看了很多房子，还有寺院的建筑。”

“你爸很有才呀，小时候受到过良好的教育吧。”在西藏，像她父亲这个年纪的人，儿时如果能得到系统的教育，家庭应该不一般。

“爸爸家以前是贵族，从小就受教育。”果不其然。现在很少有人再提及贵族的话题，我们曾普遍认为旧西藏的统治模式是政教合一，其实，贵族也是一方强大的势力。在西藏历史上，贵族、寺院与政府，也就是我们常提到的三大领主，他们一同构成了统治制度的基石。

“怪不得呢。你的名字很特别，和贵族家庭有什么联系吗?”西藏解放前，贵族的名字是带姓氏的，这让我很好奇。

“没有，名字是爸爸的朋友起的。我这个名字在藏地很少，爸爸说最多只有一两个人叫这个名。”

“沿河往前不远的村子就是老家了。”老家在山里，下了公路进山是土路，路不是很宽，一条哗哗流淌的河从山里流出陪伴着我们。开始我没有过于注意这条河，走着走着便发现它有些不对劲，这条河的水竟然是黄色的，河里的大石头也是黄色的，如果更准确一些来说，它是金黄色的。我拿起地图看了一眼，问她:“这条河地图上没有名字，叫什么河?”

“它没有名字，我们都叫它黄河。”这条河也可以称得上是奇观了，水量很大，裸露出的大石被染成黄色，金黄色的河水确实罕见。

看着车窗外奔涌的“黄河”，我拍着同伴的肩膀对她说:“他可是北大地质系的高才生，一会他跳河里喝上两口水，就知道这山里有什么矿。”

“哪有你这样说人家的。哈哈哈……”我们都笑了起来。

村子建在谷地，规模不算大，全村的房屋几乎都是用木头建造的，一户紧挨着一户，极富特色。几户新建筑的外墙顶端还涂了尺把宽的一圈彩绘图案，显得富贵典雅，在藏地也是比较少见的。老家是妈妈的娘家，父亲的老家不在朗县，算是“外乡人”。旺珍普尼一家人很少有空回来，房子由村里的亲戚帮忙照看。院子不大，密密麻麻栽满了各种开着花的绿植，只留了一条很窄的小径。院中种了两棵碗口粗的树，枝丫茂盛，遮挡住强烈的日光。高大的木楼只有一层，比普通平房要高很多，墙全部都由板材搭建而成，房顶是飞檐设计，能让人感受到设计的巧妙和建造的细致。室内空间很大，也全部都是木制的，四面墙壁和房中的立柱则是雕梁画栋，显得富丽堂皇，流光溢彩，极尽藏族人在室内装绘方面独特的审美格调。

还没来得及认真欣赏，旺珍普尼又把我们叫去参观后花园。后花园更大一些，绿化也更好，能听见花园外小溪潺潺的流水声。真是好美、好清静的庭院啊，我有些不想走了。

这时，旺珍普尼从卧室抱出一堆衣服，把我从后花园给喊进屋里。“你看我先穿哪件，带哪件？”现在的藏服材质越来越好，每件都不便宜，款式上没有明显的差别，主要是颜色和花样的差别。我已经想好了照相的地方，挑上两套颜色合适的藏服就够了。从县城出来就发现了一座时隐时现、高大还很美的雪山，它在村子的尽头，我便问：“山里边的那个雪山叫什么，去拍雪山很好啊，有路去那里吗？”

“那是勃勃朗雪山，我们这里的神山，车进不去，只能走着去。”

老天作美，风云变幻着配合我们转场拍摄。我们去了雅鲁藏布江畔，去了寺院和庄园，还在青稞田和“黄河”拍了照片。拍到天黑，我们回到酒店拷贝照片，我要把全部照片留给她。

那天，旺珍普尼很开心，她给我讲了她的故事。

“我特别喜欢唱歌跳舞，超过爱自己！”

她是这样开始讲述的：

我8岁开始练舞蹈、学唱歌，以为自己会成为一名专业演员。可我在17岁那年就辍学了，我不想上学了，是不是很调皮？我经历了很多事，辍学时我太幼稚了，我只是认为自己不是上学成才的人。我是不是太任性了？我做事干脆，适合就是适合，不适合就是不适合，哪怕影响到我的一生，我也会继续走自己选择的路。当时父母被气得差点晕倒了，可我就是不想上学了，现在我不是懂事了吗？我放弃了一切梦想，只为弥补我当初的过错，弥补给父母的伤害。我现在想明白了，命运随时都是可以改变的，只要你不忘初心就可以。

辍学后，我坚持练唱歌和跳舞，也想做些有意义的事。18岁那年，就去了敬老院做公益，独自一人照顾那里的十几个老人。在敬老院的那两年改变了我，让我懂得比唱歌跳舞更重要的事，就是要好好孝敬父母。从那时起，我就下决心

雅鲁藏布江畔的快乐女孩

要在父母身边陪伴他们。姐姐大学毕业后远在他乡，如果我再离开父母，他们就成了孤寡老人，我舍不得离开他们，只想在他们需要我的时候，我能随时出现在他们面前，不想有遗憾。我现在是为了父母，放弃了去外面发展的打算。

之后，我们县成立了民间艺术团，我去了。那会自己单纯，没见过大世面，开始时还觉得很好，后来就发现这样的艺术团不适合我。然后，我就转到了县宣传部，一直工作到现在。

真是一个敢想敢做的女孩啊！

“你还年轻，没想过自己今后的发展吗？”

看着低头不语的旺珍普尼，我继续说：“你在父母身边，父母肯定开心，可他们更会为你的未来担忧的。”

“我的想法就这样简单。我的内心是喜欢音乐的，对唱歌的热爱永远都减不了！”她停顿下来，眼眶湿润，“我相信，终有一天，我会有属于自己的音乐的！”说完，她站起身。“明天要走吗，不再留两天吗？”停顿了片刻，又接着问我：“几点走，我来送你！”

第二天我们出发前，旺珍普尼提着两份礼物过来送行，说是爸妈让送的土特产。我让她一定带话回去，说我谢谢他们。

之后，我途经朗县三次，见了她两回。一回是我们一起吃了顿晚饭，觉得她状态很好；另一回是她正在组织活动，让我不要等她吃午饭，可巧的是，就在我们要吃完时，她们一帮人也来吃饭，匆忙间算是见了一面，那次感觉她有些疲倦。再一回，我计划是先去圣湖拉姆拉错后，再去朗县看她。谁知，晚上的一场大雪封闭了道路，我们只好继续往前赶路。途经朗县时还是早上，估计她还没有起床，便没打扰她，也没有在朗县停留。

映山红学名杜鹃花。林芝多杜鹃，每年四五月的时候山谷里红艳艳的一片。我以为，旺珍普尼便是山谷里的一朵杜鹃，汲取家乡土地的养分，历经风霜雨雪的洗礼，开在最美好的春光里。希望在杜鹃花开的时候我们可以再次相见。

一个美丽的姑娘

“她爱唱歌，一心要去成都学习唱歌。”吃晚饭时，哥哥看着坐在一旁默不出声的金卓对我说着。

初夏的一天，我们到了丹巴县高山峡谷深处的党岭村，住进了金卓家的客栈，在这里我结识了金卓兄妹两人。那时的金卓一脸稚气，面颊上挂着两块红彤彤的高原红，她话不多，也很少笑，只是在默默地做着手里的活计。午饭过后，哥哥要去山里把马找回家来，明天一早我们要骑马去葫芦海。我闲着无事，就去动员金卓，请她穿上藏服在房顶给她拍照片。“古碉、藏寨、美人谷”是丹巴的代名词，金卓也确实是一位标致的丹巴美人。

第二天一早，我被雨声吵醒，雨虽然不大，可葫芦海却是去不成了，再等一天谁又知道有没有雨呢，我们只好怏怏离开。

两年后，得知金卓在成都的演艺厅唱歌了。我想听她唱歌，也更想知道，一个大山深处的女孩是如何走到了成都。我们约好时间后，便去成都找她。

“我只是爱唱歌。”她说。

在成都这样的城市，每天有很多人前来寻梦，在每个酒吧或演艺厅，都藏着很多喜欢唱歌的人。但是能够脱颖而出的又有几人？在音乐这条路上，除了天生的好嗓子，还有很多其他因素，还需要机遇和运气。见到金卓，我有很多疑虑和问题想问。

“我从小就爱唱歌，如果我不离开这个家，就要嫁给当地的牧民，永远不可能再出来了。如果再不出来，我的歌唱梦想就永远不能实现。”金卓给我讲述她的故事。

金卓兄妹六个，她排行老四，两个姐姐嫁到了几十公里外的牧区，两个妹妹一个在县上读书，一个在内江读大学。金卓一天学都没有上过，她的生活只是放羊、放牛。

2013年10月下旬的一个雨雪天，党岭已是深秋，没有阳光的日子，天气很冷。表哥骑着摩托车带着她，瞒着家人，在漫天的雨雪中奔向几十公里外的道孚县城。本已破烂的盘山路异常狭窄，崎岖险峻，雨雪天道路更是泥泞湿滑，两人常常要推着车才能过去。天黑了，走了一天还没有到达道孚，漫天的风雪中，全身淋透的两人又冷又饿，夜晚两人不敢再赶路，躲进牧民放牛时临时居住的木棚里熬过了那个夜晚。

到了道孚，没有找到能够教她唱歌的老师，出来时身上仅有的300元钱也差不多花完了，她无比恐惧。这时，家里的亲戚在县上找到了她，她万分无奈只有乖乖地回家。

到家的当天，父母没有和她说一句话，早上爸爸喊她去放牛，她背着当午餐的糌粑和奶茶，噙着泪，赶着牛群上山了，心中满是悲凉与无奈。晚上身心疲惫的她赶着牦牛回来时，一直沉默的妈妈爆发了。两个姐姐早已嫁人了，两个妹妹在外面读书，唯一的哥哥又娶了老婆不常在家里，她的离去给父母留下了无人放养的牛羊，那天她被妈妈骂得好狠，打得好疼。

在舅舅的劝说下，父母也拗不过金卓，他们卖掉了家中所有的羊和牛，同意她离家去圆梦。她多年积攒的300元钱在去道孚时花光了，这次出门家里没有给她一分钱。在一个好心姐姐的帮助下，身无分文的她来到了成都，开始寻她的音乐人生。

一个山里出来的土孩子，没有钱，没有背景，唯一有的是上天赐予的歌喉。当年离家出走的她是怎样一步步地走到现在？城市光怪陆离，人来人往，哪里可以安放一个贫穷的藏族女孩的梦想？

金卓说，从家乡出来后，空空的钱包无情地摧残着内心倔强的她，她找了一家藏族人开的演艺厅，开始了她的歌手生涯。她发誓要活出个样子，给父母看，给乡亲看，给自己看。

因为土，她被其他歌手嘲笑。客人骚扰她，上台抱她，后台找她，下班堵她。演艺厅一个月800元演出费。她不会化妆，不知道化妆品的品牌，也买不起化妆品。买不起衣服，她平时都穿藏装，唯一的一套时装不超过200元。极少的收入，艰难地维持着清贫的生活。

说起在演艺厅的经历，金卓凄然泪下，还有多少苦衷不能与人言。当然，要走这条唱歌的路，很多事情都要从头开始。没有上过一天学的她进文化补习班学习汉语。为了开阔眼界，她经常泡在书店、乐器行、音像店，这里有一个另外的世界，那是在党岭村的金卓所不知道的世界。信仰佛教的金卓也会经常前往寺庙，她说佛教修的是内心的平静和对来生的寄托。一切似乎都在好起来。她已经逐渐适应了这座城市，适应了现在的生活。当然，她依然有困惑、迷茫。

成都很大，大得像家乡葫芦海的湖水——一个梦想扔进去，没有一点声音，溅不起水花，荡不起波浪。但可以唱歌给别人听，听他们说金卓唱得很好，她已经很开心了。她不再只是那个在大山里孤独唱歌的女孩，只能唱给云和风听。这些喜欢听她唱歌的人，都是她的知音。

在吉他店弹着吉他唱着歌，金卓说她多么渴望拥有一把属于自己的吉他。

她又说，她希望，有一天她可以筹备一场慈善晚会，帮助像她这样的人。一路走来，对帮她的人，她一直心怀感恩。

我去演艺厅听她唱歌，歌声优美舒缓，听得出饱含着的深切情感，她为舞台而生。随后，我又陪着金卓回到她深爱着的家乡党岭，她带上了一纸箱的光盘，是她与其他歌手合录的音乐光碟，虽然里面只有她一首歌。我们途经乡上时，金卓把光盘留给小卖部请人代卖，又在小卖部的木墙上张贴了海报。这时，我看到她脸上焕发出的光彩，虽算不上成功，也算是有所收获。如果不是喜欢唱歌，她应该会在家乡过着平静的生活。家乡是她在成都时魂牵梦绕的地方，但又是她固执地想要离开的地方。

家乡很美，亲情很暖，回到家，金卓心情好了。她骑着马在草原上奔驰，马上的她长发飘逸，英姿飒爽，显示出大山深处藏族女儿的风姿。她说，这匹马是她从小喂大的，当这处高原牧场来了第一批游客时，她就是牵着它赚到了第一笔酬劳。我们去了温泉，又一同去了葫芦海，清澈透明的湖水，是年少时的她常常独享心事的地方，她讲起了童年。

牛羊是她儿时的亲密小伙伴。牛羊也是全家唯一的财源。打记事起，金卓就和妈妈、姐姐一起进山放牛牧羊，山上的野猪是她记忆里最恐怖凶猛的动物，饥饿的野猪会时常跑进羊群叼走羊羔，恐惧与无奈是她童年最深刻的记忆。

八岁开始一个人上山放羊，一只黑眼圈的小羊成了她最亲密的伙伴。

她上山带的糌粑，和黑眼圈你一口我一口地吃。黑眼圈一窝一窝地下着羔，羊奶多时，她会像小羊羔一样趴在黑眼圈身下喝奶。在小溪中洗把脸，没有搽脸的护肤霜，她会挤些羊奶抹在脸上。寒冷的冬天，黑眼圈冻得发抖，金卓会脱下衣服给它披上，她自己就在草场奔跑抗拒着严寒。她们之间的感情越来越深，每天黑眼圈都不离她左右，依偎身旁，年幼的她，感觉黑眼圈就是她的妈妈。

金卓一天天长大，黑眼圈越来越老。一天，金卓没有带黑眼圈上山，它老了病了。晚上回来，黑眼圈不见了，她在几百米外的一棵树下发现了它，童年和少年时期最亲密的朋友死去了。这一年，金卓15岁。

她时常去树下看黑眼圈。开始，它的身体是黑色的，上面爬满了虫子，她就用树枝扫走虫子。之后，它的皮肉被老鹰吃掉只剩下黑色的骨头，树叶落在它的骨头上，她一片一片捡去它身上的树叶。再去看它时，骨头成为白色，混迹在泥土之中。金卓有一个愿望，就是带着它的骨头去拉萨，让它水生。

金卓说到这儿时泣不成声。黑眼圈，其实就是那个在大山的寒冬里孤独奔跑的小女孩。她在成都第一次鼓起勇气上台唱歌，也是在幻想黑眼圈给她力量。

时间又过去两年，金卓不再在成都打拼了，她回到家乡经营起家庭客栈。我也再次来到党岭。

金卓成都闯荡见了世面，打开了见识广阔世界的那扇窗，她更加独立自信。先前家里略显“土气”的房子，虽说也算是新建，却难以盛装金卓心的向往。曾经的离家而去，只为回来后的美好，她要在更高的起点上重新起步。认准的事就要干，她从不为权衡利弊得失而犹豫不决，这是她的性格。敢想敢干敢担当，她行动了。

把先前“凹”字型的藏式楼房结构，改造成全封闭的“回”字型结构。为此，她把东厢房升高一层，盖了阳光房，使其与西厢房的三层处于同一高度；在东西厢房和北面的正房房顶盖上透光顶棚；把东西厢房的南端用木板和玻璃做上一道墙。新搭建的厅房，既遮风挡雨又透光保暖。给厅房再铺上厚厚的原木地板，供上香案，架起火炉，置办了桌椅，更换了全新的被褥。客栈有了封闭的活动场所，布置得也更加温馨、舒适。客栈新建后，起了新的名字——“五朵金花家”，做成霓虹灯竖在楼顶，每当夜幕降临，五个大字鲜红色的光芒笼罩住半个村庄。“五朵金花家”这个名字似乎缺少了些雅气，前不久又改叫“夏羌拉姐妹花庄园”。名字很重要，金卓又精神了许多。

我问她夏羌拉是什么意思，金卓告诉我，“夏羌拉”就是美女和仙女之类的意思，又提醒我：“以前你写过的。”金卓说，她家现在应该叫庄园，“有漂亮的房子，有大花园，有田地，还有牛和马。这样子的家就是庄园！”“我家有五个漂亮的女儿，当然，就应该叫夏羌拉啦！”我翻遍书籍，都没能找到夏羌拉名字的出处，仅见到一句话，大意是：夏羌拉山神长相丑陋、凶猛，是摩尔多神山65座护法金刚之一。虽有遗憾，却意外看到了党岭名字的来由：党项羌南迁，在此境内经过，留下“党岭”一名沿用至今。夏羌拉是否也是党项羌留下的名字呢？无从考究。

近些年，我旅行的重点转到青海，进藏也是选择途经青海，成都和川西去得少了。与金卓多年未见，联系也少了。幸好，我能够在朋友圈中注视着她。她时常会发一波状态，她发在录音棚中唱歌的自拍，我知道她在录制单曲，出一盘专辑是她的梦想；她邀请朋友去吃饭并配上饭店的照片，我知道她在成都开了藏餐馆，她曾经和我聊过想开一家藏餐馆的愿望；我看到女主角是她的微电影，也看到她在拍纪录片的花絮，她在参与公益事业……那几年，她在成都很忙。再后来，看到她回家装修房子；参加丹巴选美比赛；徒步摩尔多转神山拍专题片。她热衷于宣传家乡的风土人情和山山水水。而她目前的状态，则是频繁地秀她的“夏羌拉姐妹花庄园”，她的家庭客栈。

“什么时候帮我宣传一下客栈啊！”七月的一天，金卓发信息给我。我回她：“好的。”她一直盼着，而我因在阅读藏族史、藏族源流等方面的书籍，难记的人名、混乱的地名、纠缠不清的关系，让我到了近乎蒙了的状态，人变得迷离慵懒。这期间，她时常会追问，我也只能一遍遍地答复她：别急！我放下书，从阅读的混沌中走回现实。

最美的金秋即将到来，是时候为金卓写一篇关于党岭和她家乡的推介了。我也希望把党岭村丰富又保存完好的人文内涵，把集雪峰、冰川、河流、森林和草原等景致于一身的党岭山介绍给朋友们。

在最美好的季节里，去领略神奇的北纬30度亚热带线上，原始森林从丹巴县城的海拔1868米，近乎垂直地升到党岭村的3390米，这一地貌植被的多样性和纷繁变化。还有沿途山坡上的嘉绒藏寨和谷中的河流。

在党岭村，可以在充满藏传佛教气息的小山村里走一走，看看寺院，拍拍佛塔；可以去溪流中戏水、拍照，西南北三个方向的三条溪流由山上流向党岭村，汇成一条，向东流入革什扎河。你有兴趣和体力，又在党岭村克服了高海拔带来的不适，第二天一早就可以徒步4.5公里或骑马走上一半的路程去党岭山，看看海拔4159米秀美的葫芦海和露出尖角的夏羌拉雪山；如果你有体力还能再爬1.5公里，可以继续向西南绕过葫芦海，站在4350米的山峰上凝视夏羌拉雪山和冰川，俯瞰脚下的卓尤母错和叫一马错。卓尤母错南边的草原，曾是金卓家夏季的牧场。

如果你同我一样懒得出门，那就待在家里晒太阳，喝新挤出来的牦牛奶，喝酥油茶，品尝糌粑的味道，体会藏族人家真实的生活也是不错的选择；你要是有闲或者身体欠安，建议你溜达着去村南泡泡免费的温泉。温泉有三眼，水温不同，疗效也不同。这样你还是不过瘾，就想办法请金卓带你去村北道孚的七美草原，去牧民家吃真正的牦牛肉。

我想，去党岭，会是你一次难忘的旅行。

去党岭，那是一条我熟悉的路线。离开地处邛崃山山脉西缘与大雪山山脉东缘交际处的嘉莫欧曲（大渡河）起点，丹巴县城，伴着大渡河支流革什扎河，往西北方向走，前方大雪山山脉北部腹地的党岭山，那里就是金卓的家乡党岭村。以前去党岭，金卓家还没开客栈，三四十户的村庄也只有村长家有接待能力。那时的路稀巴烂，下雨时泥泞不堪，路上随处可见山上滚落的石头；下雪时，无法通行也就封山了。虽然距离县城丹巴不过60多公里，天气好的情况下，一路上停车拍照，一般也要跑上大半天。交通的不便，党岭村近乎处于与世隔绝的边缘。

到了两河口，再向前是前往革什扎河的源头方向，西向而来的河水是党岭山流出的支流，我无心去考究这条河流的名字，沿着它逆流向西。

如今，通往党岭的道路都已修好，清一色的柏油路一直铺进村子。你再打听村长家在哪里，村民会问：哪个村长？十余年下来，村子多出很多的"村长"。而村民，也都纷纷扩大了房屋，开上了家庭客栈。

横断山脉受到老天爷的溺爱，是唯一一条得到印度洋和太平洋两大季风眷顾的山脉。气候温和湿润，植被茂盛，动植物种类丰富。我喜欢夏季的雨雾蒙蒙和高原雨的品格。雨，来了就下，下了就走，从不忸怩、拖沓，绝不会一味纠缠。

金卓家的马和不产奶的公牛、半大的牛犊放养在山上，不需要照看。母牛和吃奶的小牛留在家里，母牛除了早晚挤两次奶，也不要特别照料。挤过奶，喂好小牛，它们自己会去村子周边吃草，傍晚再自己回家。除了牦牛，还养了几头黄牛，金卓妈妈说："牦牛奶浓，产奶少；黄牛奶稀，产量大。混在一起正合适。"每次挤奶，都会留下些不挤，喂刚产下的小牛，"这些小的不能吃多，多了会拉稀。""村子现在没有人家养羊了，都再没闲人去放它。"

每天早饭过后，金卓妈妈都会单独为我煮好半小盆纯牦牛奶，端给我，"你喜欢，就喝纯的吧。"虽是夏季，阴雨天气时，金卓的二姐都要燃起厅房的火炉，升温、保暖、去湿气。金卓爸爸每天闲下来都是捧着经书，盘腿坐在佛龛前火炉旁的地板上，念上一会。

这样的时光让我享受。雨季我没有爬山去葫芦海，也懒得去泡温泉。山里的雨断断续续，没雨的时候，我也会去村子里转悠，转上几圈佛塔。然而，我还是更喜欢有雨的时候，待在家里与金卓的父母聊天；他们忙着时，我会敞开大门，独坐在门口，看淅淅沥沥的雨丝；看雨滴砸落地下溅开花瓣；听雨滴敲打顶棚阳光板，体会"大珠小珠落玉盘"般诗样的意境。暮归的牦牛会噘着嘴走向我，到我身前来讨要吃食，它们对我胸前的相机有兴趣，是不是想要咀嚼咀嚼味道呢？

"我参加选美比赛了，拿了银奖！你知道吗？"金卓嘚嘚瑟瑟地过来问我。"不知道，你又没告诉我。"我那时在朋友圈中看见了，只是没有点赞和评论。我知道她憋不住时会说的，便先问："你当初是怎样想的，怎么就去参加了呢？！"预感到金卓要开讲，漂亮的二姐领着儿子躲去厨房准备做饭了；爸爸依旧念着经书；妈妈坐在佛龛边的沙发上摇动着经轮，嘴唇快速地张开闭拢呼应着爸爸的语速；大姐的女儿默不作声埋头写着作业。

"县上的一个熟人鼓动我去的。

"不是很熟，就是认识。后来我们成了朋友。

"他说：你很漂亮，像雪莲花一样，歌也好听，你怎么不去参加选美呢？我说：再漂亮也是山里的野花，没有人欣赏的。他说：城里的花都是种出来的，没人欣赏了，现在的人都欣赏山里的野花呢。为了党岭，为了自己的家乡，你一定要去，你一定行。

"嗯，我和妈妈说了。妈妈说：家里姐妹中你是最丑的，你歌唱得像山羊叫，不好听。"

我笑了，转过头想看一眼妈妈的反应。平时话不多，说起话来轻声细语的妈妈，很平静，像是没听见。

"我就暗自下了决心。比赛那天没有告诉亲戚、朋友和村里的人，一个人就去了。

"到那里就害怕了。来比赛的差不多都是大学生，她们有文化团的，也有艺术团的。只有自己是山里出来的。

"比赛主要是才艺展示，唱歌和跳舞。我唱歌。

"宣布结果时好紧张，听到铜奖没有自己，就想，完了。

"宣布银奖时我都没听见。身旁的人喊我：你是银奖，快上去吧！

"党岭村从来都没有女孩参加，我是第一个。

"村里男女老少都可开心啦。我给村子争了面子啦。"

"我穿上嘉绒服装，给我照相吧！"金卓跃跃欲试。"你又不是嘉绒藏族的。你是康巴的。""我们就是嘉绒藏族的。"金卓坚持着。"那边就是道孚县（我手指西北方向），那的人都穿康巴服。这里应该属于康巴。"不懂藏语，更不懂藏语地方方言，判断一个藏族人来自哪里，就是看她的着装和头饰或服饰。我坚持认为金卓是康巴人，没有给她拍过穿嘉绒藏服的照片。为此，金卓气急败坏。

道孚县的鲜水河属于雅砻江流域，严格意义上来讲，应该属于木雅藏族。况且，各族群居住地一直都是犬牙交错的，你中有我，我中有你，不能按行政区域来区分。后来我发现自己可能是错了，有资料上说道孚县也是嘉绒藏族。只不过半牧半农的党岭村和几公里以外的道孚草原这样的高海拔牧区，嘉绒藏服是不适用的，不足以抵御风寒，藏袍更合适。

夏羌拉雪山海拔5470米，是党岭山的最高峰，是神山。夏羌拉山神是摩尔多山神的下属，大名鼎鼎的斯古拉神山（四姑娘山）也是他的属山。而摩尔多神山是四大伏藏之一，在藏

回到家乡的金卓姑娘，用心经营家庭客栈

地曾一度辉煌，尤其在“万物皆有灵”本教崇拜中，有着很重要的地位。神话故事中，他是山神比武的第一名，冈仁波齐山都甘拜下风。我曾向金卓讨教夏羌拉神山的传说，她让我自己去查。她的爸爸妈妈对此也不甚了了。

一天晚饭后，和金卓聊到我想去看看葫芦海西边的另外两个海子。她爽快答应给我带路，开心地说：“带你去看红军长征时翻过的垭口，还有红军在那里岩石上刻的标语。”“红军过雪山是冬天，牺牲了好多人。”

我后来查了资料，红四方面军是在1936年2月，翻越党岭山海拔4810米的夏羌涅阿垭口，前往马尔康与主力红军会合的。红军先后两次进入丹巴，建立了苏维埃政权，组建了我军历史上第一支藏族红军武装。红军在嘉绒地区更是遭遇到川军和当地土司武装“依险据碉把守”的遏阻截击。红军之所以翻越夹金山和在冬天翻越党岭雪山，便是因于此。

红军在嘉绒地区、在丹巴、在党岭山的故事很多很多，不再赘述。然而，横断山脉作为族群迁徙的通道，始终吸引着我。横断山脉一直以来都被人类学家、史学家冠以“汉藏走廊”“氐羌走廊”“藏彝走廊”“川西民族走廊”等多种中性的称谓。我却以为，这是一条大西北地区战败部族逃亡的通道。没有哪个部族会无缘无故地踏上迁徙这条不归路的。族群迁徙无外乎自然灾害、气候变化和强敌入侵等因素。了解我国西北部地区历史，尤其是河套地区的历史演变会发现，那里历史上曾经出现过上百个部族，他们你争我夺，“你方唱罢我登场”，“城头变幻大王旗”，部族或生或亡或逃，都不过是在历史长河的转瞬之间完成的。

地处横断山脉东部边陲的嘉绒地区，绵绵不绝的部族迁徙，部族间文化的相互渗透、融合与撞击，免不了留下蛛丝马迹，并能在生活在此的民众身上看出端倪。有学者说，横断山脉是挖掘古代文明的宝库，是活化石。

一天，金卓问我：“茶具要买什么样的，帮我参谋一下。”我在心里打了一个冷战，喝酥油茶和甜茶、吃糌粑的民族，待到若干年后再去时，款待你的是咖啡和汉堡，这样的藏寨你还想再逗留吗?！客栈如此，一个民族更是如此。我把意见和建议告诉她。做好和保持住本民族的文化才是最好、最长久和最能吸引人的。

金卓做客栈风生水起。她告诉我说，已经开始做咂酒给客人喝啦，下次来给你喝。我不懂咂酒是什么，听她讲完酿制过程，我想起来，在甲居藏寨格玛的婚礼上喝过。它与醪糟或米酒相似，使用的酒曲独特而讲究，是“在海拔3600至4500米处采集的紫红色酒曲花”。酿制咂酒工序烦琐，质量不易控制，一般只在重要法事和重要活动上才会提前准备，平时是不做的。

我清晰记得，婚礼当天，盛咂酒的大锅是两个人抬到举行仪式的草地上的，发酵后的酒糟像山包一样高高地冒过锅沿，空气中弥散着酒香和酒糟混合的味道。喝酒，长幼有序不分男女，要让受尊敬的长者先喝。不知是谁递给我一根麦秸秆，我学着老者们的样子，把麦秸秆穿过酒糟插进锅里，七八个人在大锅前围成圈圈，或跪或蹲或坐地吸吮酒糟下的酒。我喝两口就急着起身照相去了，酒的味道如今也就模糊了。我记得那些麦秸秆留在锅里，后面的人接着用它来喝。与那天喝的酒不同，金卓是把酒酿好后装瓶的，见不到酒糟。

党岭最美的季节在十月上旬的金秋。金秋是拍照人的最爱。你要去党岭，记得去住“夏羌拉姐妹花庄园”。当然，如果你只图享受，去前定要思量一下，那里毕竟是条件艰苦的高原，资金不充裕难免会不尽如人意。你住的房间也许只有一张床和四壁的白墙；也许你还要去公共的卫生间洗漱、解手；你的手机如果信号不好，对不起，你发不成美照，谁也都别想联系上你。另外，带上厚衣服是你必须要做的。值得欣慰的是，妈妈和二姐的厨艺是可以点赞的，起码我吃着很香。

贡秋卓玛的草原

贡秋卓玛执意让我坐双排座卡车的副驾的位置，她抱着棉被和我的行李还有几包东西挤在后排。她有些难为情，“家里条件差，只有这辆烂车来接你去牧场了。棉被是刚才和爸爸去给你买的。”话音未落，突然间一条赤红色的闪电在瓦切镇的上空炸裂，把天撕成了碎片，雨狂暴地倾泻下来，在草原上爆碎，“啪、啪、啪”砸出大朵的雨花。当我们还没有在这突如其来的大暴雨中缓过神来，老天爷又将雨换成了冰雹，铺天盖地的冰雹砸下来的声音更清脆响亮，气势也更加惨烈、恐怖。

在闪电和车灯的映照下，大地顷刻间素白一片。如此暴躁而恐怖的雨，我只在祁连山上遭遇过一次，而这次是在深更半夜，感觉尤其瘆人。完全看不清路了，贡秋卓玛的爸爸缓慢把车停在了岔道边。我很害怕汽车的风挡玻璃被砸坏，贡秋卓玛更担心草原上的花，扯起嗓子喊:“完了，花全烂了!”

轰鸣的炸雷伴着撕裂天穹的闪电渐行渐远，狂风暴雨逐渐平息为淅沥的雨滴。这就是高原的脾气，来得突兀猛烈，去得爽快利落。有惊无险，平安无事，爸爸发动汽车继续赶路，我放下了揪着的心，贡秋卓玛也轻松起来，笑着挤对我。“你看，我们把你和冰雹一起接回家喽！你不来，冰雹也不来！你只能拍无花的草原啦!”

接下来的路都是土路。借着跳跃的车灯，能看清路两边的篱笆，打趴在地的青草，还有一片一片白色的冰雹。路泥泞难行，低洼处积着白花花的冰水，汽车颠簸着、摇晃着，缓慢行驶在烂泥路上。雨一直在下，直到开过牧场的铁栅栏门，开上慢坡一栋灰砖房前，雨也没有停歇。这时，已是夜半更深。

从屋里迎出三个女人来帮忙卸车。贡秋卓玛介绍给我：她们是妈妈、妹妹，还有初中刚毕业回家的侄女。房里生着火炉，烧水壶飘着热气，散发着浓郁的奶茶香气。妹妹端上滚烫的奶茶，妈妈坐到我身边，关心地问了我一连串的问题，诸如：高原上习惯吗？奶茶喝得习惯吗？来过瓦切吗？条件不好能行吗？而后，像是对我的回答很满意，就不再管我。一家人用藏语聊了起来，我听不懂，便不去打扰她们，一口接一口地喝着奶茶，驱赶着高原雨夜的寒气。

爸爸和妈妈休息去了，妹妹还在不停地给我添加着奶茶。“你要想方便，出了这个门就可以，大草原你想在哪就在哪，不过别去那边。”贡秋卓玛指着西北的方向，“那边有一个窝，里面有一只老藏獒。别怕，它看不见也听不到，牙都快掉光了。”

雨不知道什么时候停的，大地一派寂静，天空看不见月亮也没有星星，冰雹过后的夜晚有些寒冷。两扇大窗泄出的灯光，照亮窗外一小块区域，我借着亮光，去西南边解手。

“真是一朵花都没剩下。”回到房间，我遗憾地说。

“你带来的冰雹，能怪谁！”贡秋卓玛闪亮的大眼睛里流出坏笑，“没关系，不用两天花就会长出来。”

“你睡那张床。”贡秋卓玛指着我坐的床，“我就睡这里。”她颠了一下屁股，示意那是她的地盘。“侄女睡这里。”她们西边那面墙上有一扇很大的窗户，窗户下一顺摆着两张床。

房间不算小，兼顾了卧室、厨房、操作间、客厅及经房的功用。我的床在北墙窗户下，床头桌子下面是一台太阳能发电机，几只绿色的指示灯有节奏地闪跳着，发出轻微的嗡嗡声；床的另一头紧贴着侄女那张床。

妹妹也去睡了，侄女在屋里转来转去，一会也走了。贡秋卓玛说，侄女不好意思，她找奶奶去睡了，又告诉我，四点多就要去挤奶。我从行李箱中取出薄羽绒服穿上，让贡秋卓玛先睡，就到屋外抽烟了。那天晚上我躺下便睡着了，睡得很香。敲门声把我惊醒，我摸起手机照亮，是妹妹和侄女来了，我看了一眼时间，凌晨4点半。贡秋卓玛也起来了，她让我接着睡，睡醒了去南边的牛栏找她们。是啊，天还漆黑，去了也什么都看不见，我又躺下睡了。三个女人拎着大桶小桶，叮呤咣啷地挤牛奶去了。

天色微明时我再次醒来，屋外阴沉沉的，我知道高原阴天会很冷，加了一条秋裤出门去找她们。东方天际透出微蓝色，几片低矮的乌云边缘也染上了淡鹅黄色。远山依旧是沉睡时厚重的青黑色。鸟起得早，在看不见它们的地方叽叽喳喳地叫着。晨光熹微的草原，遍地是墨绿色的青草，贡秋卓玛之前发过视频，那时这里遍地都开着鲜花。路上偶见盛开的狼毒花，感觉毒草的生命力更顽强，而益母草娇气的花茎全被冰雹齐腰打断，耷拉在那里，像在诉说着经历的浩劫。

云很低，没有风，空气湿润清凉，冰雹摧残后的草木释放着浓烈的清香。我爬上坡顶，南边的牛栏隐约可见，远远传来低沉的哞哞声。去牛栏有近一公里的距离，我东瞧西望，停停走走，待到牛栏时，天色已放亮，太阳在云后悄悄露出脸来，漫射的光线柔和而温暖。当牛栏中女人们忙碌的身影隐约可辨时，空气中也开始混入了牛的屎尿味道，那味道越接近就越浓郁。

整个牧场长约二公里、宽约一公里，东边略高，西边低洼。低洼的草场是湿地，溪流和水潭泛着星星点点的亮光。在牧场东南边干爽的高地上，用铁网围起长20余米、宽近20米的长方形牛栏，家里大小210多头牛晚上就圈在这里。每天早上要放出公牛、断奶期的母牛和半大的小牛，留下70多头哺乳期的母牛和数量相同的小牛犊。

我进入牛栏时，妈妈、妹妹和贡秋卓玛已经挤完大半的奶，牛栏没有过分地拥挤。小侄女开始在栏里清理牛粪，找到牛粪就双手捧起，再去围栏边抛出牛栏。贡秋卓玛挤完一头牛的奶，放开捆住牛蹄的绳子站起身来，看见我在牛栏里乱逛，便大声提醒我："不要接近那头牛，它脾气大。""离那头公牛远点！"

也就是最近这几年，海拔4000米以下的大部分地区，开始引进体态高大、短毛的黄牛来做种牛。黄牛和牦牛的后代叫犏牛，犏牛继承了牦牛耐寒的特性，又有黄牛产奶量高的特点，这无疑激发了广大牧民积极引进黄牛做种牛的热情。

我在牧场的那些天里，时常能看见家里的两头种牛，不是守在牛栏门口，就是在牛栏中欲火中烧，追着母牛演示着失败的骑跨动作。看到种牛表现出的那副雄壮威猛又尽职尽责的样子，贡秋卓玛把手一挥，指向远近一大片母牛，打趣地说道："这些，都是它的老婆！"

挤奶是有技术含量的。先是利用母牛与生俱来的母爱，牛犊在，母牛就不会跑。牛犊生下来就会在脖子上扎上颈圈，颈圈上拴着一根二尺来长、末端扎着小木条的绳子。拴牛犊时就把小木条穿进地上绳索的铁环上，放牛犊时取下也简单便捷。

挤奶前，先放开牛犊让它去吃几口奶，这时把母牛的后腿捆上，脾气大的也会捆上前腿。捆好母牛，就会一手抓住牛犊的颈圈，一手抓住牛犊的小尾巴，把正在贪婪吃奶的牛犊连拉带拽地弄走，拴好。再从口袋里抠出一小块酥油，涂抹在母牛的四个奶头上，起到润滑的作用。挤完奶（奶不会挤干净，会留一些给牛犊吃），解开系在母牛腿上的绳子，再去放开牛犊，牛犊会再次奔向母牛，并用那还没有长出犄角的小脑袋去拱母牛的肚皮，直到找到母牛体下巨大乳房垂下的奶头。通常情况，母牛都会让牛犊吃上几口奶，然后带着牛犊走出牛栏，走向草场。有时，也会出现这样一幕，在母牛身边，一边跟着牛犊，另一边则跟着种牛，仿佛一个小家庭去草原深处赏花、踏青。

女人们双手动作流畅、连贯，如拨弄琴弦般，交替着从四个奶头中挤出奶液。喷射而出的奶液力道强劲，一股紧接一股地冲击塑料桶，发出"吱吱吱吱"的长音，明快清澈如奏响的旋律，伴着牛儿们“哞哞”的低鸣声，鸟儿“叽叽喳喳”的欢叫声，女人们的吆喝声和她们偶尔唱起的歌声，在牛栏里汇织成一曲草原牧歌。这牧歌，似乎带着莫名而奇妙的魔力，会感染人，能感动人。

大桶装满是50斤，挤完70头牛的奶能装三大桶，外加数量不等的几个矿泉水瓶。时常会听人说，喝牛奶、吃牛肉的高原人身体强健、力气大。贡秋卓玛、妹妹和侄女三个年轻的女人力气就大，她们可以单手提起50斤的奶桶，翻腕，再双手高举上马背，如训练有素的举重运动员，动作连贯、娴熟而又一气呵成。而当车和马都不在时，只能由三个年轻的女人自己连背带提走回去。

每天挤完奶差不多在十点左右，而每天在我们返回到小屋的路上，都能看见两只过来觅食的黑颈鹤，它们警觉地避让着我们，始终与我们保持着安全距离。回到小屋，妹妹或是侄女都会背来一大袋干牛粪生火。早饭一家人只吃糌粑。青稞炒面是买来的，牛奶、奶渣和酥油都是自家的，不仅新鲜还没有添加杂物。自从到家，我就有了自己专用的碗筷，吃饭时家人都要先给我盛上满满一碗。吃糌粑时，则是小半碗飘香的青稞面、一把奶渣和大半碗黄亮亮的酥油。

鲜奶存放不住，尤其是夏季，不及时处理很快就会坏掉。吃糌粑的当口，女人们会用巨大的铝锅加热鲜奶，加热后的

挤牛奶的贡秋卓玛

鲜奶易于“油”和“水”的分离，且分离得更为彻底。同时，她们在床头支起油水分离机。机器小巧、功用大，用它分离出的油脂是酥油，每天能有五斤左右的样子，经过揉搓挤出剩余的水分，弄成方正的块砖，用薄膜包好就可以出售了。分离出来的“水”就是脱脂牛奶，要先自然发酵，再滤掉水分，留下的固态物质经过几天反复晾晒后，就成了奶渣。

这台不起眼小机器的使用，无疑是具有革命性质的，它使牧民从繁重的体力劳动中解放出来。从前，牧民需要在细长形的木桶中，经过长时间、不间断地搅拌鲜奶才能提取出酥油。如今，作为工具的木桶已退出了时代的舞台，成为文艺舞台上的道具。

妹妹早已嫁人，男人是入赘上门的女婿，在成都一家演艺厅唱歌，难得回来。她那两个不大的女儿，那些天里成了我的玩伴和好朋友。高原夏季的天气给力，虽是在雨季里，白天却是很少下雨。阳光灿烂，会让人慵懒无比。早饭吃过糌粑，我就会拿上板凳坐在门口晒太阳，也会带着两个孩子四处去玩，这时就是我和两个孩子的快乐时光。

爸爸每天吃了糌粑就不知道去哪里忙了，妈妈会坐在贡秋卓玛床头的佛龛前念上一会经，再返回去照看牛群。留下来的三个女人则要在门前晾晒奶渣，加工牛奶近三个小时，然后是清洗奶桶和机器。干完了这些活，腾出手来后，就要准备午饭了。因为我在家里，他们或是炒上两盘蔬菜，或是包纯肉馅的包子，或是炖上一锅土豆粉条牛肉汤吃。

午饭后能休息上一两个小时，这是我求之不得的，虽然我一点活都没干，可到了中午就会感到倦怠困乏。这时，最失意的就是两个孩子，她俩虽会在窗外玩上一会，玩着玩着就会想起我，一个抱大腿，一个拉胳膊，把我从床上弄下来和她俩玩。

母黄牛和一部分犏牛，每天下午四点多还要再去挤一次奶，下午挤回来的奶不再加工，留着给家人煮奶茶喝。

"妈妈打电话来，母牛难产了，我要过去帮忙。"我正在和孩子们玩，贡秋卓玛急匆匆走过来告诉我。

"她们都已经过去了，我到了打电话给你，你再来看吧。"

"你不用来了，我还没到呢，小牛就已经死了。"

我来的第二天就难产死了一头小牛；第三天死了一头母牛，母牛是在生产时折断了一条后腿，没两天就死掉了；第四天又难产死了一头小牛。我突然有了一种不祥的预感。第五天，爸爸在牧场东北方的围栏边升起了经幡，又在牛栏的柱子上扎上了经幡。待挤完奶我们回屋时，贡秋卓玛的床上盘坐上了一个喇嘛，他腿上铺开经书，手上执着的经筒转动着。我不知道他念的是什么经，也没有去问贡秋卓玛，但我想，那必定是在超度亡灵，为牧场祈福吧。

马驮回了死去的牛犊，放在了门厅里。那天晚上，贡秋卓玛也去妈妈那里睡了，她告诉我，这张床不能睡，这样是尊重喇嘛！

死牛的阴云就如同草原上飘来的乌云一样，极快地飘走了，家人们就像从未发生过什么事，平静如常。

牛犊肉入口即化，真嫩啊。我把贡秋卓玛盛给我的一碗吃完，就说吃饱了，不再吃了。我直到现在还是捋不清，吃牛犊肉给我的那种异样的滋味。贡秋卓玛告诉我，牛犊肉贵，一头可以卖100多块钱。她们一家人是在款待我啊！

贡秋卓玛说，要念三天的经，而喇嘛只念了一天就再没有露面，贡秋卓玛又回来睡了。雨是每天入夜后都要下的，只不过，再没了我来那天晚上恐怖的电闪雷鸣和冰雹肆虐。

牧场有太阳发的电，足够一家人使用，手机上网的信号强度也刚好够用，唯一的缺憾就是没有饮用水，家人的日常用水都是爸爸开车或者骑马去远处山上接来的山泉水。每天我会用尽量少的水来刷牙、洗脸。一天，贡秋卓玛的表哥来接她去县城办事，我便搭车去县城的浴池花20元钱洗了个澡。

在去县城的路上，贡秋卓玛和她表哥用藏语聊着天，突然他俩大笑起来。贡秋卓玛努力控制着因大笑而近乎抽筋的肌肉，告诉我：

"哥哥，你还记得你来那天在瓦切镇找你的人吗？"

"当然记得啊！"我是在红原县城坐"乡村巴士"到的瓦切镇。贡秋卓玛担心"乡村巴士"司机给我放错了地方，就又让一个小伙子来找我。

"他昨天骑马摔下来了。"贡秋卓玛说到这里，原本就没完全控制住的大笑又再次爆发了。

牧民骑马摔下来本不稀奇，也没什么好笑的。我问她："摔坏了吗？"

"哈哈哈，没摔坏，爬起来什么事都没有，还和别人开玩笑呢。"不等说完，她笑声更加响亮了。

"人家问他：你的声音怎么变了，漏风啊。一看，是门牙少了两颗啊！那时，他才发现磕丢了两颗门牙。"

"你知道吧？那天他还让我问你，能不能也给他照相呢！哈哈哈，现在毁容了，照不成啦。哈哈哈！"

稍微平静了一会，一个坏主意就涌上贡秋卓玛的心头。"我要给他打个电话，就说哥哥同意给他照相了，看他怎么说！"说完就打起了电话。

电话打了两遍那边才接。电话两头说的都是藏语，贡秋卓玛表演得到位，始终没笑。等她挂了电话，我急切地问："怎么说的！"

"他说不照相了，骑马摔了，嘴肿了。"

“他没说牙掉了？！”

“没说！哈哈哈！”

生活越是简单，快乐就越容易获取。

贡秋卓玛在北京玛吉阿米餐厅驻唱那会儿，我不认识她，认识她是在她出名后沉寂的时日里。我知道，红原的花海很美，就想在草原开花时去她的牧场，她痛快地答应了。而后，冬去春来，我们又再次约定，春暖花开时我去草原找她。之后，她提前返回草原，等待花开，等着我。

雨夜，细雨无声地下着，万物沉睡，整个草原都寂静下来。炉膛里的牛粪早已燃尽，小屋有了寒意。“哥哥，你睡得怎么样？晚上冷不冷啊？”贡秋卓玛坐起身来，探头看着我。我们中间隔着炉子，一躺下就看不见对方。我也坐了起来，回答她：被子这么厚，一点都不冷。没有了睡意，雨夜又是这般寂寥，我便请她讲故事给我听。她的故事很长，以至于在后面的几个夜晚，都是她的故事填补着夜晚的空寂。

贡秋卓玛的家里有七个孩子，她排行老四，按她的说法，排在中间的必定是孩子里运气最差的。比她大的、比她小的都有机会去上学，家里只有她一个没有上过学。从六岁起就要早起和妈妈去挤奶，白天还要干各种活。

她唱歌好听，想必是从娘胎里带来的天赋，让她无师自通。她不懂事时，就表现出音乐的天赋，只要听见音乐，她就会手舞足蹈地跳舞，嘴里还要唱着大人们听不懂的歌。家乡的牧民都爱唱山歌，爸爸妈妈唱，邻居牧场的人也唱。每天早上和晚上，宁静的草原上便会传来他们的歌声，那歌声好听，也很响亮，在很远的地方都能传进她的耳朵里。

第一次唱歌是在亲戚的婚礼上，她记得很清楚。那时的婚礼没有舞台，谁要想唱只要站起来就能唱，她那股泼辣劲上来了，站起来就唱了一首。

第一次在台上唱歌是在晚会上，晚会是放假回家的学生自发组织的，镇上的年轻人差不多都去了，很多大人也来看热闹。她看到舞台就心里痒痒，就想上去唱，她找到负责安排的同学，"我想上去唱歌！"那时没人听她唱过歌，同学们都不同意。她的倔劲上来了执意要唱，同学们拗不过她，让她唱了一首歌。听众给她鼓掌、喊好，"人们都很惊讶，瓦切镇还有唱歌这么好听的人啊！"之后，那天在台下听她唱歌的表哥送给她一部小CD机，她从那时起听歌、学歌才有了条件。

红原人口少、草原大，居住分散。牧民那时不是像现在这样，夏季和冬季牧场都划分在一起，每年的春秋两季都要赶着牛群转场。对于普通的牧民家庭来说，早结婚、早生子，就是增加了劳动力，劳动力多就可以养更多的牛，牛就是家庭财富。牧民都善良单纯，家庭条件彼此差不多，父母的人品、家庭的口碑，就成了给女儿择婿的最重要因素。

贡秋卓玛漂亮能干，唱歌又好，不愁嫁不出去。可随着她年龄的增长，爸爸和妈妈的紧迫感就强烈起来，便在众多上门提亲者中给她千挑万选了一家。一天，这户人家的男孩骑着摩托车来到牧场，她偷看了一眼男孩，不认识。男孩直勾勾地看着她，那炙热火辣的眼神让她紧张、害怕。根本就不想结婚的她在心里盘算着，如何才能拒绝这个对她一见钟情的男孩呢？

“我要出去唱歌，不想结婚。”这是她绞尽脑汁想出来的借口，而她并不真的想外出去唱歌。

失望而又沮丧的男孩无可奈何地走了，男孩的父母却没有放过贡秋卓玛的爸妈，两家大人都说好了的亲事，怎么能让女孩子一句话就给毁了呢？！男孩的爸爸先是在电话里发泄了不满，又向上门来道歉的贡秋卓玛的爸妈发了一通火。自觉理亏的爸妈无言以对，在从男孩家回来的路上，贡秋卓玛的爸妈对这个任性、不听话、不懂事女儿的怨气，转化为熊熊怒火，并取得了一致共识，那就是，一定要狠狠地教训她。

藏族同胞以往会认为，孩子不听话，就必须打，而且要舍得打，要打得狠。爸爸火冒三丈回到家，二话没说劈头盖脸就给贡秋卓玛一顿暴打。嫌拳头不够解气，又抄起一根很粗的棍子狠狠地打。“再打我就没感觉了，一点都不疼了。”

贡秋卓玛说道，“然后，棍子打断了。我的鼻子和嘴都出血了，就睡着了。”

“是打晕过去了!”我纠正她。

“嘿嘿，对对，是晕过去了！”她竟然笑了，仿佛她讲的是别人一样。

她挨了一顿胖揍后，父母定下的这门婚事算是给搅和黄了。爸爸发威没有达到目的，偃旗息鼓不再搭理她。妈妈虽还有怨气，却因为没有出面保护女儿，自觉愧疚，也不再唠叨她。贡秋卓玛在养伤的日子中，得到了短暂的几日安宁。

父母没有不疼女儿的，这个不听话的女儿，让他们操碎了心。消停没几天，爸爸又劳神费力地去物色好人家了，并不断带回好消息；妈妈也恢复起往日的唠叨，“我们找的人放心啊，你自己能找个什么样子的啊。上次那个男孩多好啊，你怎么就不愿意，不听话呢……”她的好日子就这样再没了踪影。牧场只有她和爸妈三个人，每天都是低头不见抬头见，听父母讲同样的话，做着相同的事，这让她的头大、心痛，无处躲藏也无法逃避。

爸妈锲而不舍想要说服女儿，她则是紧咬牙关坚决不要结婚。这样对峙的日子又持续了一年，爸爸气得又狠狠教育了她一次。弱小无助的她，那时候想到了离家出走。春节时，叔叔一家回到瓦切镇老家过年，她看到机会来了，借口去看叔叔，离开牧场去到瓦切镇。叔叔的老婆是一个通情达理、见过世面的汉族女人，贡秋卓玛就偷偷把自己被逼婚、被打及在家的境遇讲给了婶婶，最后她希望婶婶能带她躲出去。婶子仗义，更是同情她，二话没说就答应了。两个人又一起谋划好了“出逃”的具体细节，做到天衣无缝，不露马脚，万无一失。

她先是借口送妹妹去上学，把自己的衣服夹带出牧场，送到镇上婶婶家；又借口去镇上卖牛粪，搭上来镇上收骨头的垃圾车去了红原县城。垃圾车又脏又臭，她坐在车厢的骨头上，心却是美的、甜的。“到了县城我就躲在宾馆没敢出门，第二天天没亮，五点就起来走到离县城很远的地方，等着去成都的大巴车。婶婶已经给我买好了汽车票，带我去成都的家。”两个心思缜密的女人，就这样漂亮地完成了“出逃”行动。

她在成都过起了轻松自在的生活，每天独自待在婶婶家，不用起早去挤奶，听不到妈妈的唠叨，更不会挨爸爸打。然而，她也遇见了更为现实的问题，不会说普通话，不认识汉字，这让她在繁华的成都寸步难行。当初离家的好心情和那份自由快乐逐渐消磨殆尽时，她发现，这不是她想要的生活，成都也不是属于她的城市，她开始想家了。

离开家只有两个月，她就离开了成都，回到牧场。那片生养她的草原，有太多的东西让她眷恋。她心疼一个人在家的妈妈，那么多活要干，她一定很累；她挂念她的牦牛，那些从早到晚陪伴她的牦牛是她的伙伴，是她倾吐心事的朋友；她要在辽阔的草原唱心爱的山歌，唱给蓝天和白云听，也唱给自己。

偷偷溜走又悄悄回来，她又和妈妈一道干起活来。牧场的活她永远也不会干完，挤奶、做酥油、晒奶渣、照看牦牛，这是牧民永恒的主题；只要她不嫁人，不离开这个家，爸妈没完没了的唠叨，就会是永恒的主旋律。“这样下去不行，我还是得出去，去尝试一下唱歌。”已经长大的她，开始为自己的未来打算上了。

她这时又想到了叔叔，这个家也只有叔叔可以说服爸爸。她到镇上给远在阿坝县工作的叔叔打电话，把想出去唱歌的打算告诉了叔叔。她知道叔叔有文化，和爸爸的关系又特别好，她认准爸爸一定会听他这个兄弟的。爸爸在镇上接了叔叔的电话，铁青着脸回来。“给你找了那么好的人家你都不要，想走你就走吧，以后家里再没有你这个人了！”成都回来后，她在牧场又待了一年。这次，她义无反顾地离开了家，那年她19岁。

“簌簌簌”跑动的声音，“唧唧唧”打闹的叫声，同时在地面和头顶柜子下面响起。是耗子！我坐起身，摸出手机打开电筒，向发出声音的地方照过去。

“哥哥，是老鼠，没事，不用怕！”贡秋卓玛躺在床上没有动，我敢保证，她那会连眼皮都没有睁开。

藏族同胞不杀生，他们对大自然的敬畏，扩展到整个有生命的世界和无生命的万物，万物皆有灵，他们认为就是祸害人的老鼠也不能杀。我坐起来也没想要去打死它们，仅仅是想吓跑这些老鼠，让它们等我睡着后再出来闹腾。我又钻回被窝，那时唯一可以做的，就是祈祷自己马上睡着。

牧民的生活单调，每天都是在重复着昨天的日子。男人主外，总是有机会离开牧场去镇上或是县城里转转看看。女人的世界就在牧场，就是牧场里的男人、孩子，还有牦牛。她们日复一日、年复一年，周而复始地做着相同的活计。

紧张而忙碌的一天结束，待到家人们都回去休息后，贡秋卓玛又继续讲述她的故事。

她去阿坝县投奔叔叔，叔叔给她在县上最好的宾馆找了一份服务员工作。宾馆以接待上级领导为主，虽然她干活麻利又肯下力气，可她不会说普通话，干了一个月就被辞退了。然而她还是很开心，因为她挣到了人生中的第一份工资——300块钱。让她更开心的，是宾馆领导知道她会唱歌，在有接待任务时会请她来给客人们唱歌。虽然唱歌时要穿上服务员的制服，并且没有任何报酬，可只要能让她唱歌，她都不计较，她需要展示她歌喉的舞台。

叔叔听过她唱歌，对她有了信心，便带她去朗玛厅（演艺厅）找一份唱歌的工作。朗玛厅在阿坝县城有三家，因为要跟着伴奏演唱，这让习惯清唱的她极不适应。她说："紧张得拿话筒的手都是抖的。"面试了两家都被拒绝了，最后一家留下了她，答应给她每月200元的试用工资，唱得好就加工资。她珍惜这个来之不易的机会，每天除了卖力唱歌，还要再和舞蹈演员们一起跳上半个小时的锅庄。半年下来，说好的加工资没有踪影。"老板没有信誉。"她这样想着，就果断地炒了老板，去了金川县一家朗玛厅。她在金川一唱就是八个月，那里只有她一个歌手，开始倒是自由自在，老板是四川内地来的中年妇女，慢慢地就变得不再好沟通，她只好再一次离开，去了若尔盖的央金玛演艺中心。

她没有讲在阿坝和金川驻唱时的酸甜苦辣，然而当她讲到若尔盖时，眼里却是含着泪花。"那时我在舞台的表现很稳定，开始有人关注我了。会有很多人骑马、骑摩托从很远的地方专门赶来，就是下大雨、下大雪也有人来听我唱歌。那里的人们都特别淳朴，他们只是为了听我唱歌才来的，他们让我特别感动！"

“想走你就走吧，以后家里再没有你这个人了。”爸爸的话，就像钢针钉在了她心窝上，直到现在她也无法忘掉。这句话，也成了她坚持唱下去的动力，她说：“那时心里就是憋着一股气，只想唱好歌给爸妈看，证明自己的选择没有错。”

离开家后，她就再没花过家里的钱，实际上，那时她和家已经没有了联系。她很想和爸爸妈妈缓和关系，她能想到的办法就是买礼物给他们，可是她没有钱。“我在若尔盖盯上了一件羽绒服，很多人都在穿的那种，是最贵的，特别好看，我想一定要给爸爸买一件。”她的粉丝在寺院有工地，每当工地卸砖时叫她过去搬砖。那时她晚上唱歌，白天就去寺院搬砖赚钱。

在若尔盖的头一个月，贡秋卓玛就挣到了600多块钱。那时正好快过年了，她怀里揣上所有的钱，跑到商店买回了那件送给爸爸的羽绒服，又几乎花光所有的钱给家里每个人都买了礼物。看着那么一大包给家人的礼物，她激动了，相信自己是成功了。坐上回家的大巴车，那一刻，她原谅了爸爸，理解了妈妈，她特别想家！

这是她离开家近两年来第一次回家，她到家后就发现爸妈对她的态度完全变了，再没有提及结婚的事，甚至还对她说：“你去唱歌是对的！”打那以后，她就夏天在牧场帮妈妈干活，入冬时去若尔盖唱歌。

“你知道吗？”贡秋卓玛露出开心的神情，“去年和爸爸聊起那些事，爸爸告诉我：他一直在打听我在外面的情况呢，知道我很好，他和妈妈心里可高兴了。爸爸还说：我回家那天，远远就看到我拎着大包往家走，那情景让他心里难受，觉得亏欠了我，特别对不住我！家人都跑上去接我，爸爸没有动，他哭了！”

牛要天天产奶，牧民也就没有一天能够休息。接近中午，一家人都干完了活，妈妈和贡秋卓玛开始换上藏服，娘俩要去镇上参加亲戚的婚礼。贡秋卓玛告诉我说，没人给我做饭了，让我和他们一起走，爸爸再带我去镇上吃饭，吃好再接她娘俩回牧场。

瓦切的经幡塔林十年前我就去过，它在藏地是很有特点的一处景观。我建议贡秋卓玛在婚礼结束后一起去转转，她痛快地答应了。瓦切镇离牧场直线距离并不远，站在家门口就能看见小镇一片砖红色的小楼，而那座很高的白塔更是泛着耀眼的白光相当醒目。牧场与瓦切之间是日干乔湿地保护区，夏季水大，去镇上要沿着山根绕很大一个弯。

爸爸依旧开着那辆破旧的卡车，在镇边举行婚礼的“牧家乐”放下她娘俩，就和我去镇上吃饭。吃饭的地方是来时接我的那个路口，餐馆换成了对角的一家藏餐馆。爸爸不像一般牧民那样长得黝黑，也看不出是有七个儿女的父亲，显得比实际年龄年轻。爸爸看着非常憨厚善良，话也不多，也许是汉语说得不好的缘故吧，在家也就是贡秋卓玛在身边的时候会和我聊上几句，不过需要贡秋卓玛在我们之间做翻译。

我点了一碗藏面，爸爸在藏面和包子之间犹豫了一会，最后还是要了包子。在藏族同胞以肉食为主的饮食习惯中，肉包是绝对的美食，它皮薄、馅大、肉多，还鲜香。到了晚上，贡秋卓玛责备我不该和爸爸抢着埋单，她说已经给过爸爸钱了。我告诉她，你偷偷给爸爸塞钱的时候正巧让我看到了，付钱时爸爸抢不过我很正常，我线上支付就可以了。我又说，就是想给爸爸留点私房钱。

又是一年春节，她回家过年。在亲戚家拜年时，她听说有亲戚在北京的玛吉阿米餐吧是负责演出的团长时，这让她动了心。在若尔盖时，她就听人说过玛吉阿米餐吧有名气，总店在拉萨，北京和成都有分店。她把想去更有发展空间的地方的打算告诉了爸妈，这次爸妈没有阻拦她，爸爸更是去了寺院找活佛打卦，请活佛在拉萨、北京和成都给女儿选一座城市。结果是：去北京发展。爸妈在她临走时给了她500块钱。

“开始在北京好难啊！我一下飞机就蒙了。不会说普通话，不认识字，电梯也不会坐，接我的人在机场找了我好长时间！”“在北京每天我都犯难，每天都在想，上班时和谁去？下班又和谁回来？我不认识路，每天最怕的就是找不到地方。”贡秋卓玛认为，玛吉阿米是她歌唱事业的转折点，更是起点。在那里，不再是随着伴奏带唱歌了，而是有乐队现场演奏。那里歌手的演唱类型，也不仅仅是民歌那么单一，而是各种风格都有。她很惊讶：“哦，原来歌还可以这样唱！可以唱得这么好听啊！！”

贡秋卓玛来到北京，才算是真正开始走上了职业歌手的这条路。她依然唱她擅长的山歌，也开始演唱高原各地域的民歌。凭着一副未经雕饰的好嗓子和对原生态音乐质朴的诠释，凭着她的单纯和善良，热情和美丽，这个从牧区走出来的、土里土气的女孩，便如一股清流注入了玛吉阿米的肌体，让她很快就征服了首都的听众，赢得了听众的心。

玛吉阿米的服务员教会了她讲普通话，这让她和听众的互动有了条件。听她唱歌的人越来越多，很多听众成了她的歌迷，歌迷又成了她的朋友。“我唱歌时很多人会激动地流泪，有人会跑上台来献哈达、献花，拥抱我。”而她则是用自己的方式来回报歌迷。在牧场最繁忙的夏季，贡秋卓玛会请假回家帮妈妈干活，歌迷就会追随她去牧场。“那时家里没有车，路上要蹚过一条小河，我怕他们过河冻病了，怕弄脏了他们的衣服，就一个一个把他们背过河。”在玛吉阿米，有歌迷喜欢她戴的佛珠或是手链，她都会毫不犹豫送给他们。

贡秋卓玛难得在我面前表现出那种自豪感来，偶一展现就让我对她刮目相看。“歌迷鼓动我参加了《寻找刘三姐》电视选秀节目，我进了十六强。之后，电视台找我拍了纪录片《贡秋卓玛》，在国外获了很多奖，戛纳电影节邀请我们去了，我在戛纳电影节上走了红毯，是藏族的第一人！”

而当我问到她有关情感方面的话题时，贡秋卓玛显得羞涩，拘谨。“导演、制片啊，帅的、丑的啊，藏族的、汉族的，外国人什么的，喜欢我、追我的人特别特别多。”讲到这里，她很快又补充说，“那时就有人说我傻，别人想找都找不到的，你随便找一个就可以火了。”“我对他们都不感兴趣，不是他们不好，就是没感觉，根本没动心。”

“我是2011年来的北京，2014年时离开了玛吉阿米。主要是演出的机会非常多，我不愿意耽误玛吉阿米的事，就干脆离开了。”她这样说道。

我一直为她没有出专辑而感到惋惜。“我没有出专辑是因为牧区的条件不好，我不能太自私了，不能只为自己想，我一直都是希望等家人的生活好起来以后，再来考虑自己的事。”

贡秋卓玛初到北京时，白天去打工，晚上在玛吉阿米唱歌。她去公司打扫过卫生，也去珠宝店卖过珠宝，能做的她都去做，她想多赚点钱给家里。哥哥、姐姐和妹妹们当时都不在爸妈身边，爸妈两个人太辛苦了。离开玛吉阿米后，她的收入提高了，也有了能力做公益。她给孤寡老人送日常用品，给没钱的孩子负担部分医疗费用，她说，做慈善让她心里踏实！

“这两年也不能说是完全沉寂，还是在和乐队在各地演出，在北京还演了音乐剧。也开始尝试着写歌，写了一些旋律，音乐剧上用了一部分。以后有条件了再把它们做出来，还是想出专辑。现在爸妈年纪大了，我回到家里可以帮帮他们。”

“不论我去哪里，都会怀念老家，会想那些牦牛，一想就会哭。我经常演唱的一首歌，就是唱给牦牛的。牧民和牦牛的感情深厚，每天和家人在一起也就几个小时，其余都是和牦牛在一起，家里所有牦牛我都能叫出它们的名字，在我眼里它们就是亲人、是孩子。从我小时候起，妈妈就让我唱歌给牦牛听，我还会和牦牛讲话。牦牛不听话的时候，不能骂它，我会唱六字箴言给它听，感觉牦牛听了会特别地开心。对牦牛就像是哄孩子，要夸它乖，夸它听话，夸它好看。牦牛虽然不会说话，可它能够感觉得到，它知道谁对它好。对我们牧民来说，牦牛非常重要，没有牛奶，没有牛粪，牧民怎么活啊！”

若尔盖、红原草原平均海拔3600米，是青藏高原高海拔

“从我小时候起，妈妈就让我唱歌给牦牛听，我还会和牦牛讲话。”

地区少有的低山平谷区域。西北部昆仑山脉的巴颜喀拉山和阿尼玛卿山，东南部横断山脉的岷山和邛崃山，环抱出这片广袤的山原。四周群山滋生出无数条细小的河曲，河曲流入山原。又因山原相对平坦，落差小，河道易阻塞，形成了众多湖泊和30余万公顷的沼泽湿地，最后汇成黄河上游两条重要的支流——白河与黑河。

红原草原的六月，当是一年中最美的季节。草甸里鲜花怒放，蓝天上白云悠扬，轻风里草木清香，白河水曲折舒缓。红军当年长征走过的草地，就是红原、若尔盖湿地，自古传说中的“人陷不见头，马陷不见颈”的“吃人”的沼泽地，可见沼泽地的可怕，以及红军长征过草地时的艰险。生于斯、长于斯的贡秋卓玛走出了草原，她虽然没有红军那般崇高的理想和信念，然而，对于普普通通的她来说，这也同样需要一种精神。这种精神，支撑她走出草原，走向外面的世界，只是为了向父母证明，也是向自己证明:“自己能行!”

来到贡秋卓玛的草原，我感悟到，她歌声中演绎出的那份空灵与飘逸，深邃与辽阔，源自这片养育她的土地加持于她的灵性；源自这片神奇的土地赐予她的歌喉；源自这片她辛勤劳作的土地犒赏她的回报。想到此，耳边似又响起贡秋卓玛的歌声，那种神秘的、仿佛看得见灵魂的吟唱。

被冰雹摧残过的草场，正如贡秋卓玛说过的那样，又开遍了鲜花。我即将离开草原的那天上午，贡秋卓玛没有干活，她带着我再次走上她的草原。那天，我认识了很多花，有火绒草、筋骨草、蒺藜、老鹳草、羊乳草，还有珠娅蓼，那些从未听说过名字，虽渺小，却鲜丽斑斓的花。

山上的青年导演

卡先加从我的脸上收回了目光，转头朝向窗外。“这里的视野非常好，坐在这里，抬头就能看见寺院。”他嗓音低沉，凝望着远方的寺院，还没完全从创作的状态中出来，继续深情地说道：“守望着故乡这片热土，时空里的每一个记忆，都是我灵感和创作的源泉！”

窗外，冬日暖阳下的热贡满目凋敝。透过窗下树的枝丫，看得见隆务河暗灰色、泛着白色光斑的河水慵懒地流过；对岸河床上，铺满灰褐色懒洋洋的碎石；碎石上方，是一片掉光了叶子、赤条条的树林；再往上，是一片红砖房、黄泥巴院墙、灰突突的民居；民居深处，山根下的隆务寺建筑群高大气派，大殿的金顶漫射着金光灿灿耀眼的光芒。

那几年，我每年都会在春节和麦收前，两次来到热贡，参加正月里的法会和夏季的“六月会”。我来，也都会找卡先加见上一面，聊聊天。这次他约在午饭后来“梦土”餐吧，我了解他的心意，他是不想浪费时间，也是不希望我破费；还有就是，他晚一些要参加这里的一个讲座，毕竟从山上的家下来一趟不是那么方便。“梦土”的菜品制作考究，味道可圈可点，酥油茶熬制得香浓厚重，很合我的口味。卡先加喝白开水，我要了一小壶酥油茶，与他临窗面对而坐，热络地问寒问暖，相互说着近况。

“梦土”餐吧，坐落在隆务河南岸岸边，远离主城区的喧嚣，与隆务寺隔河相望，算得上是黄南州里极具文艺情调、装扮得很有藏族文化意味、温馨整洁、很不错的一家藏式餐吧。老板是当地的一对年轻夫妻，有文化。“梦土”除了有一层近200平方米的餐吧，还有十余间时常爆满的精致客房，楼下还有一大间活动室，老板会不定期地邀请省内外的文化名流来此，举办一些文化沙龙和讲座之类的活动。

桌子上笔记本电脑开着，我问他最近在忙什么。他下意识地扶了扶眼镜，挑了下眉头。“前段时间在拍一部纪录片，目前正在准备参加电影节的文稿，同时，也在为下一部片子寻找投资。”他一贯话少，惜字如金。

我一直在关注他前一段时间拍摄的纪录片，就请他介绍拍摄的内容。他告诉我是讲一个青年牧人的故事。这个牧人从小在寺院出家，有了去美国上大学的梦想。为实现梦想，他先是还俗回到了草原的家中，然后又离开家乡去西安攻读英语。“我想要通过真实的记录，反映作为一个个体的牧人，他在宗教与世俗之间的挣扎，在传统与现代之间的游走，在梦想与现实之间的煎熬，和他探索求生之路的故事。”

卡先加沉浸在影片的陈述当中，随着故事情节的逐步发展，引发了我的共鸣，我的心也一下被刺痛了。牧人与宿命的抗争，传统牵绊的茫然，为抱负付出的牺牲，不也正是卡先加他自己的缩影和写照吗！这代人有着相似的故事，他们游走在梦想和现实之间，往返于迥异的两个世界，他们都有着一颗不甘平庸、持梦追求、不屈而又鲜活的灵魂。

2013年，卡先加凭借着一部自编、自导和自拍的纪录片处女作《英雄谷》，显露出才气和锋芒。这部我无缘看到的纪录片让他在国内外收获颇丰，曾入围法国让－鲁什国际电影节，参加美国现代艺术博物馆当代亚洲影展，获得2017年东京纪录片提案大会的“多彩亚洲奖”，并提名为2018年国际阿迪斯特金奖入围影片。随后，他又拍摄了反映热贡地区民俗活动的纪录片《於菟》，参与了纪录片《热贡艺术》的摄制制作，并执导了反映安多游牧文化的纪录片《牧人》。他的影视作品广受业内好评，使他在藏文化圈中小有名气。

热贡是青藏高原上的一片沃土，有着丰富的文化遗存和深厚的文化底蕴。它是藏传佛教寺院最多、派系也最为齐全的地方，同时，也完整地保留下原始本教的寺院，拥有大量信奉本教的民众。想了解藏传佛教，了解原始的本教及藏族宗教信仰的发展脉络，来热贡应该是不错的选择，春节期间各个寺院的法会活动，则更是绝佳的选择。

而我那时的心痛，则是源自2014年的春节，我来到热贡。一天，我与卡先加、尼玛卡两人，在吾屯上寺的法会上不期而遇，他们正在拍摄纪录片《热贡艺术》。那段日子，黄南州上的寺院轮番举办着法会，山里偏僻的寺院也不例外，我们便相约次日一起进山。尼玛卡家在州上，天亮不久，他就来找我进山，并告诉我，卡先加昨天晚上就独自上山了。寺院在山顶，上山是土路，盘山路上的山腰间，独处一僧舍，那里就是卡先加过夜的地方。

我们进屋时，卡先加正坐在床边闷头吃着油饼，见我们来了就端着半小盆油饼邀我们一起吃，说是寺院里的朋友刚送来的。小屋只有一间房，感觉比室外还要冷些。糊着窗纸的窗下有一张破旧的桌子，码放着一溜藏文书籍；靠墙是一张没有被褥，空荡荡的木板床；相机包和三脚架堆放在房间另一边角落的地上；在黏土夯实的地面中央，有一小团新鲜、似乎还有余温的短树枝的灰烬。我领教过高原寒夜阴冷的无情，是那种逼人的、入骨锥心的冷。卡先加必定是没能忍受住寒冷，才去屋外拾柴取暖的吧。也正是在那一刻，他坚守寒夜的无奈，生存现状的窘迫，他的这份隐忍、坚持与执着，让我动容，并心生敬意。

我收回跑到过往的思绪。时间要到了，卡先加要去楼下参加那个关于唐卡的藏语讲座。临走时，我答应他，后天去他山上的家里坐坐。

尼玛卡开车带我离开宽谷中的黄南州府，驶往北边的群山。翻过一座山再爬上一座山，便到了卡先加家的村庄。村庄很大，地势也较为平坦，地貌有些特殊，类似于黄土高原上的“塬”，而又不同于严格意义上的“塬”，因为“塬”的四周边缘并没有被雨水冲刷出的陡峭的沟壑，只如同是在山岩的上面，覆盖上了厚厚的一层黄土。在这种青藏高原与黄土高原交错过渡的地理位置，出现这样的地貌现象，也不算什么稀奇的了。

他家是一大进宅院，标准的热贡建筑模式：院门对着的一排正房，两边的厢房，还有几间门房。看宅院的占地规模，他家在村里算得上是大家望族。卡先加介绍说：黄南地区土资源丰富，建房多以土墙为主，院的四面建房；室内多由木头建造，冬暖夏凉；除了寺庙，普通百姓的住宅都简单朴素，基本上不彩绘。

卡先加妈妈在房门口迎接着我们，老人家热情、和蔼，早已煮好了酥油茶。她生养了五儿一女，卡先加是孩子当中最小的那个。父亲多年前过世，曾潜心宁玛派的密宗修心，博学多识，有很高的造诣，极受村民尊重，他过早的离世令人惋惜。妈妈像是很少有机会能与这个在外奔波的小儿子聊上几句，老人家给我们倒上酥油茶后，就坐在了卡先加的身边，一直在说着些什么。看妈妈的神色，像是在唠叨着他。趁着妈妈给我们添茶的当口，我问他："妈妈在抱怨你?"他苦笑了一下："妈妈说，你的同龄人都上班工作了，就你一个，就在那边整天背着一个拍电视的（摄像机），跑来跑去的。"

卡先加告诉我，他们村是一个大村，有300多户人家，由九个大小不等的自然村组成。而自然村，追溯到过往，就是古老年代里九个不同的部落。部落的来源，文献上有很多记载，有学者甚至追溯到吐蕃王朝时期的军裔，也就是当时驻屯军的后裔。这里的每个部落都有自己的寺庙，信奉藏传佛教的格鲁派和宁玛派，两派之间相互不排斥，村民们两者都信奉，只不过各部落有所侧重，他家这个部落信奉宁玛派更浓一些。

天空飘起了雪花，尼玛卡开始担心雪会下大，一旦雪大了，他的轿车下山可就难了。辞别妈妈，卡先加和我们一道下山了。

下山路上，我问卡先加：“你压力很大吧？”

他略一思索，说：“现在是处在两难的境地。我没有固定的工作，没有固定的收入，有一些困难，妈妈非常担心我；纪录片拍摄也遇到了麻烦，预期的经费没有完全到位，快拍不下去了！”随即话锋一转，“其实我也很欣赏这些困难和麻烦，生活在一个没有困难和麻烦的世界，反倒会很无聊吧！只是让妈妈为我担心，心里不好受。”

看着外表平静的卡先加，我说：“有些时候，我们还真需要为自己鼓鼓劲、打打气。”又接着问他：“你今后有什么打算？”

“只能这样干下去了！除了拍片，我也很怀疑自己能否将一个工作这样全心全意地做下去，这一切应该是天注定的吧！”卡先加语气坚定。

我不想再这样沉重地聊下去，岔开了话题，问他：“你如果不是选择拍电影，没了这样的追求，现在会是什么样子？去种地、放牧或是找一份固定的工作，守着年纪大的母亲，娶个老婆再生几个孩子，一辈子过着日出而耕、日落而息，又或是朝九晚五的生活吗？”

卡先加笑了起来，说：“这个，有些感触不知道怎么说。有时候觉得，你说的这样的生活状态也没什么不好，可能更惬意。大学毕业后，我曾有过回去种田、放牧的冲动，可要

青年导演卡先加

是一直待在村里，会向往外面的世界，觉得不适应。而外面的世界，更吸引我。对我来说，这涉及一个归属感和自身价值的问题。所以，现在出来了，过着跟村里人不一样的生活，也不一定是坏事吧！”

车还没有驶出大山，雪竟然停了！山里的天气永远都是这样变幻莫测的，然而，人的命运则完全要靠自己把握。也许，卡先加需要的只是时间，以及在这个时间进程里，他必须付出的忍耐与坚持。

卡先加不懈的坚持有了回报，他执导的纪录片《勇敢的女孩》斩获2019年度日本ATP奖。几天前，他又传来了一个好消息：

“今天拿到电影《光之子》片头的龙标啦！”取得如此突破，他依旧淡定。

“预期是明年在国内的影院上映！”

我很开心，更是期待，他的作品终于有机会观看啦！

梅朵嘎布在经历了两次家庭的变故后，进了孤儿院。她把梦想寄托在了画笔上。13岁那年，她做出了一个大胆的决定：去探望她出生不久就离开的生父。她踏上了寻父的“梦之旅”……

——这是《光之子》讲述的故事，是变化万千的藏地高原上，一个小生命在温暖阳光下顽强成长的故事！